하늘 안기

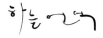

1판 1쇄 | 2013년 3월 7일
1판 2쇄 | 2014년 10월 24일

지은이 | 창신강
옮긴이 | 최지희

펴낸이 | 모계영
펴낸곳 | 가치창조
편 집 | 박지연
디자인 | 한은경

등 록 | 제406-2012-000041호
주 소 | 서울시 마포구 모래내로 7길 12, 202
전 화 | 070-7733-3227   팩 스 | 02-303-2375
이메일 | shwimbook@hanmail.net

©이경하, 2013
ISBN 978-89-6301-078-6 43820
      978-89-6301-071-7(세트)

가치창조 공식 블로그 http://blog.naver.com/gachi2012
단비청소년은 가치창조 출판그룹의 청소년 책 전문 브랜드입니다.

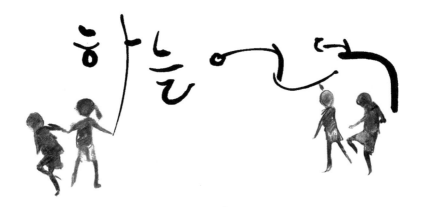

단비청소년

차례

마을 이름이자 사람 이름인 차오포

'차오포'라고 불리는 마을 이름을 들어 본 적이 있는가? 실제로 이 마을이 있는지는 나중에 생각해도 늦지 않다. 어쨌든 차오포는 시끄러운 도시에서 멀리 떨어진, 맑은 공기와 파란 하늘과 녹음이 우거진 곳이다. 지금은 한여름이라 푸른 초원이 차오포 마을을 감싸고 있다. 그 모습이 꼭 주름 하나 없는 순면의 치마 같다. 차오포 마을은 겨울에는 하얀색, 봄에는 연두색, 여름에는 진녹색, 가을에는 황토색 치마로 갈아입고 사람들의 눈길을 사로잡는다.

차오포는 마을 이름이지만, 나이를 가늠할 수 없는 한 노인의 이름이기도 하다. 나뭇잎이 언제 바람에 날려 땅에 떨어졌는지 알 수 없는 것처럼, 노인이 언제 차오포 마을에 왔는지 아는 사람이 아무도 없었다. 예전부터 살던 어르신들조차 기억이 가물가물했다. 노인의 본래 이름이 무엇인지, 고향이 어디인지 아무도 몰랐지만, 그렇다고 묻는 사람도 없었다. 어쨌든 노인이 차오포에 온 뒤로 사람들은 그를 차오포라고 불렀다. 그래서 차오포는 사람 이름이기도 하고 마을이름이기도 했다.

차오포 노인은 나무 수레를 끌고 다니며 마을을 청소하는 차오포 마을의 청소부였다. 수레에는 나무집게가 든 대바구니가 있었는데, 그 안은 쓰레기 하나 없이 언제나 텅텅 비어 있었다. 청소부의 수레였지만, 나무판자 사이에 한 떨기 들꽃이 꽂혀 있는 게 사람들의 눈길을 끌었다. 이를 본 차오포 사람들은 차오포 노인의 마음속에는 세상에서 가장 아름답고 큰 초원이 있을 것이라고 생각했다. 어렸을 때부터 노인은 그 초원 속에서 살아왔을 것이라고 말이다.

차오포 마을은 아주 깨끗했다. 마을에 새로 온 사람들은 언제나 차오포 노인에게 나이를 물었다.

"100세쯤 되셨나요?"

"아흔아홉이네."

또 다른 사람이 물었다.

"할아버지, 연세가 90세쯤 되세요?"

"여든여덟이야."

차오포 노인이 끌고 다니는 수레는 때때로 의자가 되었다. 햇볕이 따사로울 때 노인은 수레에 앉아서 마을 사람들과 동물들에게 웃으며 인사했다. 어떤 사람은 차오포 노인과 흰 거위가 한참이나 이야기하는 모습을 목격하기도 했다. 흰 거위가 다시 길을 재촉하려 하자 차오포 노인이 내일 다시 오라고 말했다. 흰 거위는 노인이 한 말을 이해한 듯 보였다. 그래서였을까? 사뿐사뿐 걸어가는 흰 거위의 뒷모습은 자신감이 넘치고 행복해 보였다.

차오포 노인은 수레에 앉아서 마을에 새로 온 얼굴이 누구인지 가장 먼저 찾아냈다. 차오포 마을에 오는 사람들은 대부분 10대 아이들이었는데, 저마다 여러 곳에서 왔다. 아이들은 공격받은 새끼 동물처럼 상처를 입어서, 가족이 그 아이를 치료해 주려고 차오포 마을로 데려왔다. 하지만 상처는 마음에 생긴 거라 눈으로 볼 수는 없었다. 그래서 차오포 마을의 아동심리 치료 센터는 아주 바빴지만, 조용했다. 차오포 노인은 마을에 새로 온 사람을 만나면 상처받은 아이들이 가야 할 곳이 어디인지 알려 주었다.

어느 날 어떤 남자아이가 들것에 실려 차에서 내렸다. 어른 네 명이 들것을 들었는데 남자아이가 엄청나게 뚱뚱해서 꽤 힘든 모양이었다.

차오포 노인이 물었다.

"아픈 사람이로군. 아프면 병원에 가서 치료를 받아야지 왜 이곳에 데려왔나?"

들것에 누워 있던 남자아이가 갑자기 눈을 떴다. 늘어진 모습을 보아하니 한참을 잔 것 같았다. 남자아이는 하늘을 한 번 올려다보고는 주변을 두리번거렸다. 그리고 어리둥절한 얼굴로 물었다.

"여기가 어디죠? 왜 저를 이곳에 데려오셨어요? 여행 온 건가요?"

차오포 노인이 대답했다.

"여긴 차오포 마을이야."

"차오포 마을?"

뚱뚱한 아이가 멈추라고 소리쳤다. 그러자 함께 온 아이의 엄마가 의아해하며 물었다.

"왜? 네가 걸으려고? 정말?"

남자아이가 들것에서 내려와 주위를 살피자 들것을 들고 온 사람들이 주저앉아 속닥였다.

"말도 안 돼. 혼자 걷다니!"

"대체 얼마 동안 걷지를 않은 거야? 하는 일이라곤 자는 것과 꿈속에서 헤매는 것뿐이었잖아."

"차오포 마을? 정말 신기한 곳인데! 걷기 싫어하던 아이가 여기에 오자마자 걷게 되다니 말이야."

뚱뚱한 남자아이는 일주일 동안 몽롱한 상태로 잠만 자다 차오포 마을에 도착해서야 일어난 참이었다. 아이의 이름은 루창창이었다. 아이는 숨을 깊게 들이마시더니 하얗고 뚱뚱한 팔을 흔들며 하늘에 대고 묻는 것처럼 말했다.

"차오포 마을이라고?"

아이의 표정과 말투는 마치 오래전부터 차오포 마을을 알고 있었던 듯했다. 사람과 동물이 함께 어울리며 살아가는 이곳을.

루창창

루창창은 나이가 열두 살이고 몸무게는 74.5킬로그램이다. 루창창은 다른 사람에게 자기 몸무게를 말할 때 늘 이렇게 말했다.

루창창은 차오포 마을 아동심리 치료 센터 자료 보관실 중 하나인 나무 사이 집에서 지금 신체검사 중이다. 그 방의 이름은 '꽃차'다. 자료 보관실 이름이 왜 '꽃차'일까? 네 그루 나무 그루터기 위에 지어진 나무 집이어서? 그래서 나무 사이 집이라고 부르는 걸까? 재밌다!

루창창은 혼자 나무 사다리를 타고 올라갔다. 그를 신고 온 사람들과 루창창의 엄마는 10분 전까지만 해도 들것에 누워 있던 뚱보 남자아이가 지금은 혼자서 나무 사이 집을 한들한들 기어오르는 모습을 보고는 어안이 벙벙해졌다.

덩차이라는 이름을 가진 여자 간호사는 체중계로 잰 루창
창의 실제 몸무게가 79킬로그램임을 확인했다. 덩차이는 웃
기만 할 뿐 아무 말도 하지 않았다.

루창창의 엄마가 작은 목소리로 덩차이에게 말했다.

"우리 아들은 한 번도 자기 몸무게가 75킬로그램을 넘었
다고 말한 적이 없어요. 언제나 74.5킬로그램이었죠."

덩차이 간호사는 루창창의 엄마가 한 말을 듣고는 루창창
의 상황을 조금은 알 것 같다는 표정을 지었다.

루창창은 언제나 밥을 다 먹고 30분이 지나지 않아 소리
를 질렀다.

"배고파요!"

루창창의 체중을 조절하려고 엄마는 다른 많은 먹을거리로
아들이 먹을 밥과 반찬을 대신했다. 그렇지만 다른 먹을거리
와 약물로도 아들의 초강력 식욕을 막을 수는 없었다.

학교에서 친구들이 400미터 달리기를 할 때 체육 선생님
은 루창창에게 운동장 한쪽에서 앉았다 일어서기를 하라고
했다. 아주 간단한 운동이었다. 그러나 쪼그려 앉기를 몇 번
하고 나면 루창창은 더 할 수가 없었다. 쪼그려 앉으면 다시
일어날 수가 없었다. 루창창의 자세는 마치 변기에 앉아 볼

일을 보는 거와 비슷했다. 그래서 체육 시간만 되면 반 아이 중 누군가는 꼭 이렇게 소리쳤다.

"루창창, 쪼그려 앉아 시원하게 싸라!"

이때부터 루창창은 체육 수업이 죽기보다 싫었다. 체육 공포증이 생긴 것이다. 아침에 일어나 시간표에 체육이 있는 걸 확인하면 두 다리에 힘이 쫙 풀렸고 배가 고파 죽을 지경이었다. 루창창은 마치 복수를 하듯 불행한 아침밥을 엄청나게 먹어 치웠다.

루창창이 말했다.

"선생님, 나 여기에서 살아도 돼요? 위에서 좋은 향기가 나요. 꽃차 냄새 같아요."

덩차이가 빙그레 웃으며 고개를 저었다.

"안 돼. 여기는 아동심리 치료 센터의 문서 보관실이지 병실이 아니란다. 이따가 병실로 데려다 줄게. 거기에는 너처럼 큰 아이들이 많단다. 근데 너, 후각이 아주 예민하구나. 우리는 이 나무에서 꽃차 향기가 나는지 몰랐어. 마을 사람들은 여기를 '나무 사이 집 꽃차'라고 부른단다. 어때, 이름이 예쁘지?"

루창창의 눈에서 아쉬움이 묻어났다.

"내가 살 곳은 나무 집이 아니죠?"

"응."

"왜 '꽃차'라고 부르는 자료 보관실을 나무 네 그루 위에 지었어요?"

"여기는 원래 청소부인 차오포가 살던 집이야. 차오포가 이 마을에 왔을 때 지은 집이지. 그런데 마을 아이들이 모두 이곳을 좋아하는 걸 보고 차오포가 마을 아동 건강 병원에 선물했단다. 치료를 받으러 아이들이 마을 병원에 오면 누구든지 여기에서 먼저 신체검사를 해. 그때부터는 모두 이곳을 좋아하기 시작하지."

이때 나무 창문을 닦던 루창창의 시선이 마을 너머 먼 곳으로 향했다. 여름날 마을의 푸른 초원, 마을을 가로질러 숲속 뒤편으로 사라진 실개천이 루창창의 눈에 담겼다.

덩차이가 갑자기 루창창에게 말했다.

"앞으로는 날 덩차이라고 부르면 돼."

"어떻게 그렇게 해요? 몇 살이세요?"

"쉰여섯 살."

"그럼 할머니라고 불러야겠어요."

"그냥 덩차이라고 부르면 돼. 여기에서는 모든 아이가 우리 이름을 그대로 부른단다."

"왜요?"

"친해지려고."

"친해지려고요? 다른 이유는 없나요?"

"있어. 우리 차오포 마을 사람들과 여기에 온 아이들은 모두 친구 사이니까."

"그게 이유예요?"

"왜, 이 이유가 싫으니?"

"아니요, 좋아요."

루창창은 아직 그렇게 부르는 게 익숙하지 않았다. 덩차이는 신체검사를 하면서 차오포 마을에서 아이들이 왕할머니, 왕할아버지 이름을 그대로 부르면 서로 친해지고 또 따뜻함을 느끼게 된다고 말해 주었다. 노인은 아이와 마찬가지이기 때문이라고 했다.

신체검사가 모두 끝났지만, 루창창은 '나무 사이 집 꽃차'에서 내려올 생각을 하지 않았다. 나무 사이 집 아래에 서 있던 덩차이는 풀밭에 앉아 루창창이 직접 나무 사이 집에서 천천히 기어 내려오기를 인내심 있게 기다렸다.

덩차이가 루창창에게 말했다.

"엄마에게 인사해야지."

루창창은 엄마 품에 기대어 잠시 있더니 말했다.

"엄마, 잘 가요. 나 만나러 올 때 고기 가져오는 것 잊지 마세요."

엄마가 덩차이에게 말했다.

"얘가 몸무게는 70킬로그램이 넘어도 열두 살 아이랍니다. 우리 아이, 잘 부탁합니다."

덩차이가 말했다.

"제게 맡기는 게 아니고 우리 차오포 마을에 맡기는 것이지요."

그때 루창창과 엄마는 덩차이가 한 말을 이해하지 못했다. 루창창은 고개를 들어 '나무 사이 집 꽃차'를 아쉬운 눈길로 바라보았다.

요리사 한만

  루창창은 엄마가 없으니 어떻게 뭘 먹을 수 있을까 걱정됐
다. 사실 실컷 먹지 못할까 봐 두려웠다. 일단 실컷 먹지 못
한다고 생각하면 당황하게 된다. 마음이 흔들리면 몸이 허약
해지고 두 다리에 힘이 풀린다.
  루창창은 덩차이가 자기를 '나무 사이 집 꽃차'에서 아동
심리 치료 센터에 있는 식당으로 데려갈 줄은 상상도 못했
다. 더군다나 덩차이가 식당 안 주방으로 직접 루창창을 데
려갔다. 그때가 오후 두 시쯤 되었으니 저녁을 먹기까지 시
간이 꽤 남았을 때였다.
  주방에서 루창창은 나이가 예순을 넘은 대머리 할아버지
를 만났다. 할아버지의 대머리는 도마 위 식칼처럼 반짝거렸
다. 대머리 할아버지는 루창창의 뚱뚱한 몸을 보더니 주방

테이블을 가리키며 말했다.

"앉아라. 먼저 날 소개하자면, 난 요리사 한만이란다."

"한만 할아버지……."

"그냥 한만이라고 부르렴. 할아버지란 말은 빼고."

"음…… 아직 이상해서요."

"우리 차오포 마을에 오래 있다 보면 곧 익숙해질 게다."

한만의 가장 큰 특징은 두 손을 써서 두 가지 일을 동시에 한다는 점이다. 마치 머리가 두 팔이랑 따로 노는 것 같았다. 한만은 반죽이 잘된 밀가루 반죽을 대머리에 이고 물이 팔팔 끓는 큰 솥 앞으로 갔다. 오른손에 칼을 들고 반죽을 삭삭 잘라 솥으로 던지자 눈꽃이 피어났다. 동시에 왼손은 초승달 모양의 아주아주 커다란 칼을 쥐고 도마 위 돼지고기를 다졌다. 고기는 순식간에 죽처럼 잘게 다져졌다. 한만이 두 가지 일을 동시에 하면서 동그란 두 눈으로 루창창을 바라보았다. 그러고는 눈을 찡긋하더니 얼굴 근육을 움직여 익살스러운 표정을 지었다. 루창창은 그 모습을 신기하게 바라봤다.

"한만 할아버지……."

"한만이라니까."

"한만은 세상에서 제일 끝내주는 요리사예요."

한만이 말했다.

"그러냐? 그럼 내가 네 몸무게를 한번 맞춰 볼까?"

루창창은 주위를 둘러보았다. 한만과 대형 냉장고, 냄비, 그릇, 국자 외에는 아무것도 없었다. 루창창은 조금 전 덩차이가 주방으로 자기를 데려올 때 한만에게 "아이가 배고파요."라고 말한 것이 생각났다. 루창창은 시험 삼아 물어봤다.

"해 봐요. 내 몸무게가 몇 킬로그램일까요?"

한만은 루창창을 보지 않은 채 오른손으로 머리 위 반죽을 도마에 던지고 왼손에 쥔 칼로 다른 도마 위에 있는 고기를 다졌다. 그 모습이 마치 고기를 점령한 사람처럼 보였다.

"79킬로그램."

"와!"

"지금은 79킬로그램이지만 밥을 먹고 나면 500그램이 더 늘걸."

"정말 신기해요."

"신기하긴. 내가 고기랑 사는 사람이라는 걸 잊지 마라."

"고기랑 산다고요?"

루창창은 도마 위 고기를 한 번 보고 자기 몸을 한 번 보더니 멋쩍은 웃음을 지었다.

한만은 루창창과 얘기를 나누면서 순식간에 달걀과 녹말가루로 고기소를 만들어 고기 완자를 크게 빚은 다음 완자를 커다란 국수 그릇에 옮겨 담았다. 루창창 바로 앞까지 음식을 가져오지 않았지만, 루창창은 냄새만 맡아도 이미 죽을 지경이었다.

"저 지금 다이어트 중이에요. 그런데 이렇게 커다란 고기 완자가 들어 있고 양도 이렇게 많은 칼국수를 정말 먹어도 될까요?"

사실 루창창의 머릿속에서는 이미 커다란 고기 완자를 한입에 꿀꺽한 탓에 고기 완자는 벌써 대장을 지나 소장에서 소화되고 있었다.

한만이 말했다.

"너 먹으라고 만든 거야. 난 말이다, 진짜 살을 빼고 싶으면 자기 스스로 결심해야지 다른 사람이 억지로 시켜서 될 일은 아니라고 생각한단다."

"진짜 먹어도 돼요?"

"난 널 시험할 생각이 없구나."

루창창은 먼저 젓가락으로 향긋한 냄새가 나는 고기 완자를 집었다. 루창창은 완자를 먹기 전에 부끄러운 얼굴로 한만을 쳐다보았다. 그러자 한만은 루창창에게 어서 먹으라는 눈짓을 했다. 루창창은 부끄러움을 내려놓고 한 입 크게 먹기 시작했다.

"너 예전에 다이어트를 할 때면 분명 몰래 숨어서 먹었겠지? 한 번도 제대로 다이어트를 한 적이 없을 거야. 오랫동안 살을 빼라고 사람들이 스트레스를 주니 마음속에 오히려 반발심만 생겼겠지. 그래서 엄마, 아빠가 조금만 먹으라고 하면 할수록 더 많이 먹었을 거야. 학교 친구들은 널 뚱뚱하다고 놀리고 넌 친구들에게 '그래, 나 뚱뚱하다. 어쩔래?'라고 했을 테고. 그럴수록 운동은 점점 더 안 했을 것이고 그러다 보니 갈수록 더 뚱뚱해지고……."

루창창이 한바탕 전쟁을 치르듯 국수를 신 나게 먹어 치우는 동안 한만은 옆에 앉아 루창창의 마음이 어떻게 변화했을지 그 과정을 헤아려 보았다.

루창창이 한숨을 돌리며 말했다.

"할아버지 말이 맞든 틀리든 고기 완자 맛은 정말 끝내주네요. 국수 대신 고기 완자만 한 그릇 가득 주시면 더 좋았을 텐데."

먹느라 땀을 뻘뻘 흘린 루창창이 한만에게 얼음이 있는지 물었다. 루창창은 입에 얼음을 물고 열을 식히고 싶었다. 예전에 밥을 다 먹으면 꼭 얼음으로 열을 식혔기 때문이다.

"알았다, 알았어, 알았다니까."

한만은 몸을 일으켜 커다란 냉장고의 냉동실 문을 열어 흰 서리가 잔뜩 낀 물건을 꺼냈다. 그냥 보기에도 엄청나게 무거워 보였다. 흰 털이 자란 커다란 호박 같은 물체가 땅에 쿵 하고 떨어졌다.

그런데 루창창이 자세히 보니 그것은 꽁꽁 언 남자아이였다. 순간 루창창의 등에 식은땀이 흐르고 몸이 덜덜 떨렸다.

한만이 아이를 안아 얼굴에 낀 서리를 닦아 내었다.

"신신?"

신신

신신은 자기 자신을 심하게 학대하는 남자아이다. 신신이 차오포 마을에 온 지도 벌써 반년이 흘렀다. 한만과 루창창이 주방에서 신신의 꽁꽁 언 몸을 문지르자 신신은 눈을 떴다. 그러나 아무 말도 하지 않았다. 그때 신신의 담당 간호사인 춘수가 허둥지둥 뛰어왔다.

한만이 말했다.

"이 아이가 언제 냉동실에 들어갔는지 전혀 모르겠어요. 새로 온 루창창이 뭘 먹고 싶어 한 것이 천만다행이지 뭐요. 그렇지 않았다면 신신은 얼어 죽었을지도 모른다고요. 아이고, 생각만 해도 끔찍하네. 정말 끔찍해."

춘수는 신신의 다리와 발을 문지르며 한만의 말을 들었다. 춘수는 고개를 돌려 루창창의 얼굴을 한 번 쓰다듬으면서 고마운 마음을 표현했다. 루창창은 춘수의 손이 꽁꽁 언 신신의 손보다 더 차갑다고 느꼈다.

　세 사람은 얼어붙은 호박을 살아 숨 쉬는 사람이 되도록 했다. 춘수는 한시름 놓으며 말했다.

"이제야 한숨 돌렸네."

　지금에서야 루창창은 스스로 냉동실에 들어간 남자아이의 얼굴을 똑똑히 볼 수 있었다. 얼굴을 본 루창창은 깜짝 놀랐다. 이마 끝에서 미간을 지나 콧등을 타고 입술에서 아래턱까지 붉그스름한 상처가 일직선으로 이어져 있었다. 춘수가 신신을 업고 주방을 나간 뒤에도 루창창의 머릿속에는 신신의 끔찍한 얼굴이 떠나질 않았다.

"냉동실에 자물쇠를 달아야겠네."

　한만은 냉동실 손잡이를 붙잡고 걱정스러운 목소리로 말했다.

　루창창이 물었다.

"걔…… 얼굴 상처, 어떻게 된 거예요? 교통사고라도 난 거예요?"

"교통사고? 교통사고가 났다고 그런 상처가 생기겠니? 머리끝에서부터 쭉 그어지겠어? 걔가 직접 그런 거란다. 반년

전 집 화장실에서 거울을 보고 작은 칼로 자기 얼굴에 그렇게 했단다."

한만은 당시 장면을 자세히 설명하고 싶지 않았다. 열두 살인 루창창이 좋지 않은 생각을 하지 않도록, 되도록 말을 빠르게 했다.

하지만 루창창은 또다시 몸서리를 쳤다. 방금 먹은 국수와 엄청나게 컸던 고기 완자의 맛이 전혀 느껴지지 않았다.

차오포 마을 아동심리 치료 센터의 긴 복도에는 선생님들이 활짝 웃는 사진이 벽에 걸려 있었다. 그 사진을 보았더니 불안하던 마음이 차츰차츰 차분해졌다. 루창창은 한 명 한 명의 이름을 읽어 보았다.

"덩차이! 춘수! 뤼만! 궈궈! 칭화! 완완! 무차오! 쉬에루! 한만⋯⋯."

루창창이 예쁜 이름을 채 다 읽기도 전에 덩차이가 부르는 소리가 들렸다.

"루창창! '참나무 아래'가 네 방이야!"

루창창은 방으로 가 고개를 들고 문에 붙은 방 이름을 보았다. '참나무 아래'.

덩차이가 방에 있는 빈 침대를 가리키며 말했다.

"이게 네 침대란다."

방에는 침대가 모두 네 개 있었다. 그중 한 침대에서만 누군가 이불을 뒤집어쓰고 자고 있었고 다른 두 침대는 비어 있었다. 루창창은 그 방에 사는 네 사람이 누구인지 즉시 알고 싶었다. 덩차이가 나가자 루창창은 침대에 앉아 이불을 뒤집어쓰고 자는 맞은편 아이의 등을 바라봤다.

"야, 일어나 봐."

한참을 기다리다 루창창은 더 참을 수가 없어 맞은편 침대에 누운 아이의 뒷모습에 말을 건넸다. 그러나 그 아이는 손끝 하나 움직이지 않았다.

루창창은 살며시 다가가 이불 한쪽을 들춰 보았다. 그러나 누워 있는 아이의 얼굴을 확인하는 순간 온몸이 얼어붙었다. 침대에 누워 있는 남자아이는 바로 얼굴에 긴 칼자국이 난 신신이었다. 신신은 방으로 돌아와 이불 속에서 몸을 녹이던 중이었는데, 몸이 꽁꽁 얼어 마비된 상태에서 아직 완전히 회복되지 않았던 것이다.

뒷모습의 주인공이 누구인지 확인하자 루창창은 자기도 모르게 고개를 뒤로 돌리고 바닥에 주저앉을 뻔했다. 그때 한 남자아이가 들어왔다. 고양이처럼 동그랗고 빛나는 눈동자를 지닌 아이는 경계하는 눈빛으로 루창창을 쳐다봤다.

"너 누구야? 왜 우리 방에 있지? 이 방에서 뭐 하는 거야?"

루창창이 설명했다.

"나는 새로 왔어. 덩차이가 '참나무 아래' 방을 쓰라고 해서……."

남자아이는 긴장을 늦추지 않은 채로 루창창의 말을 듣더니 재빨리 자기 침대로 달려가 이불 속에서 플라스틱 상자를 꺼냈다. 상자 위쪽에는 자물쇠가 달려 있었다. 남자아이는 그 자물쇠를 한 번 보더니 다시 동그랗고 빛나는 눈으로 루창창을 바라보았다. 아무 말 없이. 그러고는 마치 일주일 동안 음식 구경을 못 한 병든 고양이가 굶주린 호랑이를 만난 것처럼 루창창에게 경계의 눈빛을 거두지 않았다.

루창창이 말했다.

"난 루창창이라고 해. 넌 이름이 뭐니?"

남자아이는 대답을 서두르지 않고 플라스틱 상자의 자물쇠가 잘 잠긴 것을 확인한 뒤에야 말했다.

"난 진상상이야."

루창창은 진상상의 상자가 궁금했다.

"그 상자에 뭐가 있어?"

진상상은 바로 표정이 달라졌다.

"네가 무슨 상관이야? 넌 알 필요 없어!"

루창창은 쓴웃음을 지었다.

"그냥 한 번 물어본 거야. 뭘 그렇게 예민하게 구니?"

진상상은 여전히 긴장한 채 말했다.

"물어볼 필요도 없어."

루창창은 어쩔 수 없이 이렇게 말했다.

"알았어. 안 물어볼게."

진상상

루창창이 '참나무 아래' 방으로 들어온 뒤, 진상상은 방에서 나가지 않았다. 더불어 플라스틱 상자를 품에서 놓지 않았다. 루창창은 그 상자 안에 진상상에게 얼마나 소중한 물건이 들어 있는지 알 수 없었다.

신신은 겨울잠을 자는 동물처럼 여전히 이불 속에서 자고 있었다.

진상상은 플라스틱 상자를 안고 침대에 앉아 루창창을 뚫어지게 쳐다봤다.

루창창은 진상상에게 말을 걸고 싶었지만, 무슨 말을 해야할지 몰랐다. 그때 비어 있는 나머지 한 침대가 눈에 들어왔다. 그제야 말할 거리가 생각났다.

"저 침대는 누구 거니?"

"쑤이신."

"쉐이신(중국어로 '누가 믿니?'라는 뜻-옮긴이)?"

"쉐이신이 아니라 쑤이신이야."

"여기 와서 보니 어른이나 애들이나 이름이 다 특이해."

"난 안 특이한데?"

"안 특이하다고? 복도 벽에 있는 선생님들 이름을 봐. 무차오, 쉬에루, 칭화, 덩차이, 춘수, 뤼만……. 진상상, 네 이름도 정말 특이해. 이름 뜻이 뭐니?"

진상상은 루창창의 말이 거슬려 쏘아붙였다.

"그럼 네 이름은 하나도 안 특이하다는 거니? 루창창, 이게 네 이름이야?"

"당연히 내 이름이지!"

"루창창이라고? 어디가 튼튼한데? 육지에서 튼튼한 거야? 그래서 넌 그렇게 살이 쪘니? 또 튼튼해서 뭐 하려고? 하늘 나라 가려고? 네 등에 날개를 달아서 고사포로 널 하늘로 쏘아 올린다 해도 넌 그 비계 때문에 땅으로 떨어질걸."

진상상이 루창창의 아픈 곳을 건드리자 루창창은 아무 말도 하지 못했다.

루창창은 이 방에 들어오자마자 누군가와 싸우는 일은 하고 싶지 않아 일부러 복도 끝에 있는 화장실에 다녀왔다. 루창창이 화장실에 다녀온 사이, 진상상은 이불 속에 웅크리고 들어가서 무언가를 했다. 그 모습은 마치 무대에 오른 마술사가 비둘기나 앵무새, 아니면 어항으로 변하는 마술을 보여 주려고 검은 보자기로 가리고 있는 것 같았다. 루창창은 호기심이 들어서 진상상 침대로 살금살금 다가가 옆에 붙어서 지켜보기로 했다.

이불 속에 있던 진상상은 바깥에서 인기척이 들리자 고개를 내밀었다. 그런데 침대 옆에 루창창이 있는 것을 보고는 깜짝 놀라 버럭 소리를 질렀다.

"나가! 나가! 나가라고!"

루창창은 진상상이 왜 그렇게 화를 내는지 알 수 없었다. 하지만 진상상이 미친 듯이 화를 내자 몸을 돌려 문 쪽으로 갔다. 진상상은 이불 속에서 머리만 내밀고 큰 소리로 말했다.

"빨리 나가! 문 닫아!"

그 모습을 보니 진상상의 동그란 두 눈이 미쳐서 눈 밖으로 튀어나올 것만 같았다.

루창창은 방을 나와 문을 닫고 복도에 멍하니 서 있었다. 진상상이 이불 속에서 뭘 했을까 속으로 곰곰이 생각하다가 혼잣말을 했다.

"진상상은 눈이 미친것 같아."

루창창이 방에 언제 다시 들어갈까, 한참 궁리하는데 복도 문이 열리며 한 남자아이가 들어왔다. 그 아이의 머리카락은 물음표처럼 서 있었다. 아이는 주위를 두리번거리며 '참나무 아래' 방 쪽으로 오더니 뚱뚱한 아이가 문 앞에 서 있는 걸 보고 물었다.

"누구 찾아?"

루창창은 '참나무 아래' 방 이름을 가리키며 말했다.

"누굴 찾는 게 아니라 나도 여기서 살아."

남자아이는 고개를 들어 '참나무 아래' 글씨를 쓱 보더니 말했다.

"우리 방에 너 같은 애 없어. 잘못 왔어. 너 바보 아니냐?"

그 말을 듣자 루창창은 화가 났다.

"바보긴 누가 바보야?"

"바보가 아니라고? 자기 방도 모르는 녀석이 바보가 아니 라고? 그걸 누가 믿겠어?"

루창창은 순간 눈앞의 남자아이가 누구인지 생각났다.

"네가 쑤이신이야?"

"너 누군데?"

"루창창. 오늘 처음 왔어."

쑤이신은 루창창을 다시 한 번 훑어보더니 더는 아무 말 없이 문을 열고 방으로 들어갔다. 그 뒤를 따라 루창창도 안으로 들어갔다. 쑤이신은 방으로 들어가 자기 침대에 누웠다. 루창창이 보니 진상상은 아직 이불 속에 숨어 있었다. 무슨 소리가 들리자 진상상은 다시 고개만 내밀어 확인하고는 다시 이불 속에서 계속 무언가를 만지작거렸다.

루창창은 쑤이신에게 진상상이 뭘 하는 거냐고 눈짓으로 물었다.

쑤이신은 루창창이 진상상의 침대를 뚫어지게 보는 걸 보더니 물었다.

"진상상이 뭐 좋은 거 갖고 있느냐고? 걔가 뭐 하는지 보는 거야?"

루창창이 손가락으로 이불 속 진상상을 가리켰다.

"쟤 뭐 하는 거야?"

"돈 세고 있어."

"돈을 센다고?"

"날마다 상자 속 돈을 세는 거야."

아, 그랬구나! 루창창은 그제야 이해가 갔다. 자물쇠를 채운 플라스틱 상자 속에 든 건 돈이었구나! 그런데 열쇠로 잠갔는데 굳이 날마다 셀 필요가 있을까?

침대에 누워 있던 쑤이신은 루창창의 마음을 읽기라도 한 듯 덧붙였다.

"날마다 세 번씩 세."

"돈이 얼마나 되는데?"

루창창이 궁금해 물었다.

"누가 알겠어? 이 세상에서 진상상 빼고 아무도 모르지."

쑤이신은 말을 마치고 입을 한 번 삐죽거렸다.

쑤이신! 쉐이신?

오후 세 시쯤 되자 냉동실에서 나와 내내 자던 신신이 드디어 깨어났다. 진상상도 땀을 뻘뻘 흘리며 이불 속에서 그 날 두 번째 돈 세기를 마치더니 이불 밖으로 나왔다. 그 모습은 정말 웃겼다. 분명히 자기 돈을 세고 있으면서도 꼭 훔친 돈을 세는 것처럼 보였으니까.

'참나무 아래' 방의 네 아이가 모두 한자리에 모였다. 신신, 루창창, 쑤이신, 진상상 모두 자기 침대에 앉아 말없이 서로를 바라보았다. 눈동자를 쉴 새 없이 굴리며 서로 경계하고 관찰하는 모습은 저마다 다른 곳에서 온, 서로 다른 네 마리 동물 같았다.

루창창은 신신 얼굴에 난 칼자국이 무서워서 신신의 얼굴을 똑바로 볼 수가 없었다. 신신이 싸늘한 웃음을 지을 때는 머리가 정확히 두 개로 나뉘어 침대에 떨어지는 것만 같았다. 그렇지만 쑤이신과 진상상은 신신 얼굴의 칼자국에 이미 익숙한 듯 보였다. 두 아이는 신신이 주방 냉동실에 몰래 들어간 얘기를 들어도 전혀 놀라지 않았다.

쑤이신이 무거운 침묵을 깨며 루창창에게 물었다.

"넌 무슨 병이냐?"

루창창이 대답했다.

"난 안 아파."

쑤이신이 말했다.

"안 아프다고? 병도 안 걸렸는데 그럼 여기 왜 왔어? 누가 그 말을 믿겠니?"

루창창이 말했다.

"우리 엄마, 아빠가 여기 공기가 좋으니 요양하라고 해서 온 거야."

"요양은 무슨……. 문제가 있으니까 여기에서 요양하는 거라고."

쑤이신은 이렇게 말하며 신신을 가리켰다.

"쟤 봐 봐. 병이 있을까, 없을까? 정상인 애가 자기 얼굴을 저 모양으로 만들었겠어? 누가 그걸 믿겠냐고. 또 진상상,

저 구두쇠 좀 봐. 날마다 세 번씩 상자에 든 돈을 세는데, 그
게 정상이겠니? 누가 믿겠어? 정상이라면 나 쑤이신만 정상
이지."

루창창이 생각해 봐도 쑤이신에게는 무슨 문제가 있는지
알 수가 없었다. 그 아이의 문제라면 바로 우뚝 솟은 머리카
락이었다. 솟구친 머리가 왠지 불안해 보였다.

이때 춘수 선생님이 노크하고 들어왔다. 춘수는 신신의 침
대로 다가가 두 손으로 신신의 손을 잡고 가볍게 문지르며
말했다.

"이제 손이 안 차갑네. 많이 좋아진 것 같다."

신신의 눈길은, 춘수가 자기 두 손을 잡아도 자기 손이 아
닌 것처럼, 자기랑 아무 상관이 없는 것처럼, 의수라서 아무
감각이 없는 것처럼 다른 곳을 향해 있었다.

루창창도 신신의 손을 만져 보았다. 아직 손이 차가웠다.
루창창은 뒷걸음질해서 침대로 돌아왔다. '참나무 아래' 방
에 사는 남자아이는 정말 이상하다는 생각이 들었지만 신신
에게 많은 생각을 안겨 줄 수도 없고 더 많은 생각을 할 수
도 없었다. 마지막으로 루창창은 쑤이신의 하늘로 솟구친 머
리카락으로 눈길을 돌렸다.

"네 머리……."

루창창은 손으로 자기 머리카락을 잡아 올리며 머리카락이 왜 그렇게 솟구쳐 있는지 쑤이신에게 물었다.

쑤이신이 말했다.

"세 살 때부터 서기 시작했어. 얘는 자지도 않고 힘들지도 않은가 봐. 물이나 헤어 젤을 써도 눌리지가 않아. 방법이 없어. 가위로 잘라 보기도 했지. 근데 머리가 다시 자라면 더 뻣뻣하게 서. 어떻게 해 볼 수가 없다니까. 내가 너무 괴롭혀서 머리카락이 내게 복수하는 건 아닐까 싶어."

춘수가 쑤이신 앞으로 가서 쑤이신의 우뚝 선 머리를 만지며 말했다.

"예쁜데, 뭐."

쑤이신이 말했다.

"이전에는 내 머리를 보고 예쁘다는 사람이 아무도 없었어. 그런데 차오포 마을에 와서는 예쁘다는 소리를 많이 들었어. 이 마을 사람들은 다른 사람들과 달라. 정말 다르다니까. 한번은 아빠가 같이 가자고 나를 데리러 왔어. 근데 나는 차오포에서 늙을 때까지 살 거라고 말했어. 가장 좋은 건 여기서 늙어 죽는 거야. 아무 데도 가지 않고……."

루창창은 쑤이신의 말을 듣고 뭔가 많은 일이 있었다는 걸 알 수 있었다. 또 쑤이신이 그렇게 거만하고 쌀쌀맞은 아이가 아니라는 생각이 들었다.

춘수는 신신의 손을 잡고 방을 나가며 신신에게 저녁노을을 보여 줄 거라고 말했다.

이제 방에는 세 아이만 남았다. 진상상은 "너희는 왜 안 나가고 계속 침대에 있냐?"고 묻는 것처럼 루창창을 한 번 보고 또 쑤이신을 한 번 보았다.

루창창이 쑤이신에게 물었다.

"우리 밖에 나가서 잠깐 놀래?"

쑤이신이 루창창의 얼굴을 잠깐 본 다음 다시 진상상을 보았다.

"너, 방금 이불 속에서 돈 다 못 셌지? 이불 속이 너무 깜깜하지?"

진상상은 아무 말 없이 자물쇠를 채운 플라스틱 상자만 꼭 끌어안고 있었다.

쑤이신이 몸을 일으켜 루창창에게 말했다.

"우리 나가자."

루창창은 쑤이신이 다른 사람을 배려할 줄 아는 아이라고 생각했다. 쑤이신은 루창창을 데리고 마을 중심가를 지나 초원으로 가서 누웠다. 루창창은 쑤이신이 웬지 자기 이야기를 들려줄 거라는 예감이 들었다. 그러나 쑤이신이 기분 나쁠까 봐 직접 묻지는 못했다. 그래서 쑤이신이 이야기를 할 때까지 기다렸다.

루창창과 쑤이신은 말없이 초원에 누워 저녁노을이 지기를 기다렸다. 루창창이 보니 쑤이신은 눈을 감고 있었다. 하지만 눈꺼풀 아래에서 눈동자가 움직였다. 루창창이 물었다.

"네 머리 한번 만져 봐도 돼?"

쑤이신은 루창창의 말을 못 들은 듯 꼼짝하지 않았다. 루창창은 손을 뻗어 쑤이신의 곧추선 머리카락을 조심스럽게 만져 보았다. 그러나 별다를 바 없이 아주 평범했다. 다른 점이라면 그렇게 서 있다는 것뿐이었다.

"우리 엄마랑 아빠는 이혼했어."

쑤이신이 갑자기 입을 열었다.

루창창은 몸을 일으켜 앉았다. 그리고 불행한 쑤이신을 바라봤다. 쑤이신은 여전히 눈을 감은 채 심각하게 이야기했다. 하지만 꼭 먹을 수 없던 저녁 식사를 회상하는 것처럼 보였다.

"내가 세 살 때 부모님은 이혼했어. 난 달마다 집을 옮겼어. 엄마네 집에서 한 달 살면서는 새아빠를 봐야 했고, 아빠네 집에서 한 달 살면서는 새엄마 눈치를 봐야 했어. 시간이 흐르면서 엄마, 아빠 모두 나를 싫어한다는 생각이 들었어. 내가 자기들 삶에 끼어든 거지. 하지만 부모님은 나를 좋아한다고, 사랑한다고 말했어. 그 말을 누가 믿겠어? 난 안 믿어! 너 같으면 믿겠어?"

이런 이야기를 하는 쑤이신은 마치 어른 같아 보였다. 어쩌면 쑤이신은 세 살 때 이미 어린 시절과 작별했는지 모른다. 쑤이신은 그때부터 눈앞의 세계를 의심하기 시작했다. 의심이 깊어질수록 부딪치는 사건과 사람들을 믿는 게 더욱 어려워졌다. 쑤이신 머리에 서 있는 물음표 모양의 검은색 머리카락은 쑤이신의 불행하던 세 살 때를 기념하는 듯하다.

'푸른 폭포'

'참나무 아래' 옆방의 이름은 '푸른 폭포'다. 루창창은 명단을 보고 리춰안춰안, 런전, 허위샹 세 명이 '푸른 폭포' 방에 산다는 걸 알았다.

그날 쑤이신이 나무에 오르는 한 남자아이를 가리키며 루창창에게 말했다.

"쟤가 런전이야. 하루에 거짓말을 한 번이라도 안 하면 잠을 못 자는 애야."

루창창이 고개를 돌려 보니 아동심리 치료 센터 앞에 있는 가장 크고 오래된 나무였다.

"근데 쟤 이름은 런전(중국어로 진실이라는 뜻-옮긴이)이야."

루창창은 차오포 마을의 아동심리 치료 센터에 있는 아이들이 정말 이상하다고 생각했다.

그때 런전이 나무에서 크게 소리쳤다.

"뱀에게 물렸어요! 뱀에게 물렸어요!"

고함을 듣고 깜짝 놀란 루창창이 의사 선생님을 부르려고 했다. 그러나 쑤이신이 루창창을 붙잡으며 말렸다.

"저 녀석 뻥 치고 있네. 너 쟤 말 믿지 마. 차오포 마을에는 원래 뱀이 없어."

그래도 루창창은 마음을 놓지 못하고 나무 꼭대기에서 나뭇가지, 나뭇잎과 한데 어우러져 있는 런전을 주시했다.

런전은 나무에서 뛰어내려 얼굴 가득 웃음을 띠고 루창창과 쑤이신 곁을 지나갔다. 런전은 그렇게 인사도 없이 '푸른 폭포' 방으로 들어갔다. 그 모습을 본 쑤이신이 루창창에게 말했다.

"봤지? 거짓말하고 아주 신이 났어. 아주 마음에 쏙 드는 일을 해낸 것처럼 말이야."

한밤중에 '푸른 폭포' 방에서 치고받으며 싸우는 소리가 났다. 루창창은 진상상이 상자 속 돈을 세 번째로 세는 모습을 본 뒤에야 비로소 잠이 든 참이었다. 그런데 군대가 작전 수행을 하는지 아니면 별나라 외계인이 잘못하다 떨어진 건지 옆방에서 무섭게 치고받는 소리가 들렸다.

루창창은 '푸른 폭포' 방에서 무슨 일이 일어난 건지 몹시 궁금했다. 그래서 몸을 일으켜 벽에 귀를 바싹 가져다 댔다. 진상상은 침대 머리맡에 둔 돈 상자로 손을 뻗어 이불 속으로 감추었다. 신신은 눈을 뜨고 천장을 바라볼 뿐 전혀 움직이지 않았다. 신신은 모든 일에 아무런 관심이 없었다.

쑤이신이 말했다.

"잠이나 자. 넌 온 지 얼마 안 돼서 잘 모르겠지만, 저쪽 방은 만날 시끄럽고 만날 싸워. 리취안취안이 온 뒤로 하루도 조용할 날이 없다니까."

이때 복도에서 발걸음 소리가 들리더니 담당 간호사가 '푸른 폭포' 방으로 뛰어들어 싸움을 말렸다. 잠시 뒤 '푸른 폭포' 방은 곧 어둠 속 정적을 되찾았다.

다음 날 루창창은 복도 끝 화장실에서 '푸른 폭포' 방 주인들의 얼굴을 좀 보려고 일부러 세수를 천천히 하고 양치도 느릿느릿하게 했다.

마침내 거짓말쟁이 런전이 입술이 퉁퉁 부은 채 세면장으로 들어섰다. 루창창은 '참나무 아래' 방으로 돌아가 쑤이신에게 말했다.

"런전 입술이 부었던데 어제 맞았나 봐."

쑤이신의 반응은 루창창이 예상한 것과 달랐다.

"맞아도 싸지. 리취안취안은 원래 싸우는 걸 좋아해. 그런데 런전이 날마다 거짓말을 하니 리취안취안이 못 참고 두들겨 팼겠지."

루창창은 '푸른 폭포' 방으로 가지 않아 천만다행이라고 생각했다. 만약 '푸른 폭포' 방에서 살게 됐다면 무슨 일이 생길지 모를 일이었다.

루창창의 걱정은 조금도 틀리지 않았다. 잠시 뒤 아동심리 치료 센터 식당에서 루창창과 리취안취안이 한바탕 승강이를 벌였다.

식당에는 탁자가 모두 서른 개 있는데 창가 쪽 탁자는 두 개밖에 없었다. 그중 한 탁자에 늘 리취안취안이 앉았다. 그러다 보니 아동심리 치료 센터 아이들은 모두 그 자리가 리취안취안의 탁자라고 생각했다.

루창창은 자리가 빈 것을 보고 식판을 들고 그리로 가 앉았다. 탁자 하나에 넷이 앉을 수 있었다. 그러나 이상하게도 루창창이 앉은 다음, 이 탁자로 와서 밥을 먹는 아이가 아무도 없었다. 그래서 루창창은 쑤이신을 오라고 불렀다. 그런데 쑤이신은 이상한 눈빛으로 루창창을 바라보더니 마치 모르는 사람을 대하듯이 식판을 들고 저쪽으로 가 버렸다.

루창창은 식판에 담긴 고기반찬을 보더니 더는 다른 사람을 부를 생각 같은 건 하지 않고 허겁지겁 고기를 집어 입으로 가져갔다. 그러는 사이 탁자 옆으로 누군가 왔는데, 먹는데 정신이 팔린 나머지 미처 그걸 알아채지 못했다. 바로 리취안취안이 온 것이다. 루창창은 얼굴을 보자 그 아이가 리취안취안이라는 걸 바로 알았다. 표정 없는 얼굴에 쌍꺼풀 없는 작은 눈, 그리고 눈썹이 별로 없어 희미했다. 리취안취안은 말없이 손으로 루창창을 가리키더니 다시 뒤쪽을 가리켰다. 루창창은 리취안취안의 손동작이 무슨 뜻인지 몰라 멍하니 바라봤다. 리취안취안은 손짓을 계속하면서 루창창이 무슨 뜻인지 알아차리도록 충분히 시간을 주었다. 그러나 루창창은 여전히 멍한 눈치였다. 리취안취안은 화가 났다. 루창창은 리취안취안의 손짓을 보고 여전히 눈만 껌벅거렸다.

"너 여기 온 지 얼마 안 됐지?"

루창창이 고개를 끄덕였다.

"네가 처음 와서 잘 모르나 본데, 여기는 내 자리야. 네가 내 자리에 앉았다고."

"여기 네 명이나 앉을 수 있는데?"

"내가 말했잖아. 여긴 내 자리라고. 나 혼자만 앉는 자리라고!"

리취안취안은 화가 나면 다른 사람들처럼 눈을 부릅뜨는 게 아니라 반대로 작은 눈을 더 가늘게 떠서 눈동자가 아예 보이지 않게 했다. 그 모습에 루창창은 공포감을 느꼈다. 하지만 루창창은 일어나서 다른 탁자로 옮기지 않았다. 리취안취안의 인내심이 끊어지기 직전이었다. 마침내 리취안취안이 루창창의 반찬 그릇을 엎어 버리자 반찬과 기름이 사방으로 튀었다.

화가 난 루창창은 탁자 위에 어지럽게 흩어진 반찬을 집어 리취안취안을 향해 던졌다. 리취안취안은 피하지 않고 짐승 같은 소리를 지르더니 빈 그릇으로 루창창의 머리를 찍다가 달려온 한만에게 붙들렸다.

한만이 말했다.

"너 또 싸우니?"

팔을 붙들린 리취안취안은 한만의 품에서 빠져나와 루창창을 더 두들겨 패 주고 싶었다.

한만이 다른 아이들에게 물었다.

"어떻게 된 일인지 아는 사람?"

한만이 묻자 한 남자아이가 말했다.

"이 뚱보가 먼저 때렸어요."

목소리의 주인공이 누구인지 보니, 거짓말쟁이 런전이었다. 리취안취안은 누군가 자기편을 들어주자 한만에게 팔을 놔 달라고 했다. 그러고는 마치 때려도 된다고 허락받은 것처럼 루창창을 치려고 했다.

한만은 대형 밥주걱을 들고 리취안취안을 가리켰다.

"멈춰! 너 움직이기만 하면 철 주걱으로 가만두지 않는다."

모두 고개를 처박고 밥 먹는 모습을 보니 루창창은 우울해졌다.

쑤이신이 말했다.

"봤지? '푸른 폭포' 방에 있는 녀석들은 모두 나쁘다니까."

"진짜 못됐어."

루창창은 너무너무 화가 나서 몸을 부르르 떨었다.

"너 지금 누구보고 나쁜 놈이라고 했어?"

리취안취안이 쑤이신을 향해 소리쳤다.

리취안취안을 쳐다볼 엄두가 안 난 쑤이신은 바로 고개를 숙이고 밥을 먹기 시작했다.

뚱보 거위 뒤를 쫓는
리취안취안

리취안취안이 길 위에서 하얀 뚱보 거위를 미친 듯이 쫓고 있다. 그러자 살려 달라고 꽥꽥거리는 거위의 요란한 울음소리가 고요한 차오포 마을의 정적을 한순간에 깨뜨렸다. 뚱보 거위가 몇 살쯤 됐는지 정확히는 몰라도 아마 산전수전 다 겪은 거위 같아 보였다. 그런데도 거위는 리취안취안이 미친 듯이 쫓아오자 겁을 잔뜩 집어먹었다. 거위를 잡지 못하자 리취안취안은 고함을 지르며 난리를 피웠다. 뚱보 거위는 실눈을 한 리취안취안의 성미가 지랄 맞아서 녀석의 손에 잡히면 좋을 일이 없다는 걸 아주 잘 알았다. 그래서 젖 먹던 힘을 다해 뱃가죽이 길섶에 붙을 정도로 뛰다가 날다가를 거듭하며 앞으로 나아갔다.

리취안취안은 뚱보 거위를 쫓다 두 번이나 굴렀지만, 그때

마다 다시 일어나 쫓았다. 작은 수레를 끌던 차오포가 그 광경을 보고 수레 방향을 돌려 리취안취안을 막아섰다.

"얘야! 그러지 마라. 거위가 놀라잖니. 거위는 쫓아서 뭐 하려고 그래? 편안히 잘 있는 거위를 쫓아서 도대체 뭐 하려고?"

차오포가 길을 막자 리취안취안은 저 멀리 도망가는 뚱보 거위를 눈으로 보면서 걸음을 늦추더니 한들한들 산책에 나섰다. 차오포가 다시 물었다.

"너 대체 왜 거위를 쫓아다닌 거냐?"

리취안취안은 차오포 따위는 신경 쓸 것 없다는 듯 멀리 달아난 뚱보 거위만 지켜봤다.

"너 왜 거위를 쫓았냐니까?"

리취안취안이 대답하지 않자 차오포의 목소리가 높아졌다. 리취안취안은 작은 눈을 부릅뜨고 물었다.

"내가 왜 거위 뒤를 쫓는지 진짜 알고 싶으세요?"

차오포가 말했다.

"내가 들을 테니 한번 말해 보렴."

리취안취안이 말했다.

"저 녀석이 우리 아빠를 닮았어요."

차오포는 자기가 늙어 리취안취안의 말이 잘 안 들리는 줄 알았다.

"뭐? 다시 한 번 말해 볼래?"

리취안취안이 큰 목소리로 퉁명스럽게 말했다.

"저 녀석이 우리 아빠를 닮았다니까요!"

이번에는 차오포도 분명히 들었지만 믿을 수가 없었다.

"너 지금 누가 너희 아빠를 닮았다는 거냐?"

"저 뚱보 거위요."

차오포는 눈으로 거위를 한 번 보고 다시 고개를 돌려 리취안취안을 바라보며 말했다.

"애야, 너 무슨 말을 하는 거냐? 어떻게 거위가 너희 아빠를 닮았다고 할 수 있지? 그건 아들이 아빠에게 할 소리가 아닌데……."

리취안취안은 몸을 돌려 걸어가며 차오포에게 한마디 툭 던졌다.

"내 눈에는 저 뚱보 거위가 우리 아빠랑 정말 닮았다고요."

차오포는 리취안취안의 화난 뒷모습을 보며 중얼거렸다.

"저 아이, 제 아빠를 정말 미워하는구나."

다음 날 리취안취안은 길에서 또 아무 잘못 없는 뚱보 거위와 마주쳤다. 리취안취안은 웃통을 벗은 채 셔츠를 펼쳐 그물을 만든 다음 뚱보 거위에게 조용히 다가갔다. 뚱보 거위는 놀랍게도 리취안취안을 알아보고는 발과 날개를 동시에 움직여 탈출했다.

그때부터 아동심리 치료 센터의 아이들은 모두 리취안취안이 이름 모를 뚱보 거위를 세상에서 가장 싫어한다고 생각했다. '푸른 폭포' 방의 담당 간호사인 칭화는 뚱보 거위 주인을 찾아가 거위를 한동안 풀어 놓지 말고 가둬 놓으라고 했다. 리취안취안이 뚱보 거위를 보면 자기 아빠가 생각나 마음의 병을 치료하는 데 방해가 될 수 있기 때문이다.

루창창은 이 이야기를 듣고 깜짝 놀랐다. 리취안취안이 뚱보 거위 뒤를 미친 듯이 쫓는 까닭이 자기 아빠를 닮아서라니……. 정말 상상도 못할 일이었고 믿기지도 않았다. 그러나 그건 사실이었다.

루창창은 칭화를 만나면 묻고 싶었다. 리취안취안이 왜 뚱보 거위를 자기 아빠로 생각하는지, 그 뚱보 거위를 붙잡으면, 그러니까 자기 아빠를 붙잡으면 도대체 무엇을 하고 싶은지 말이다.

칭화는 루창창이 자기를 바라보자 물었다.

"무슨 일 있니?"

루창창은 얼굴이 빨개진 채 어떻게 물어야 할지 몰라 망설였다.

칭화가 물었다.

"말하기 힘든 이야기야?"

루창창은 잠깐 생각한 다음 물었다.

"리취안취안은 그 뚱보 거위가 진짜로 자기 아빠를 닮았다고 생각하는 걸까요?"

칭화가 말했다.

"너 정말 알고 싶니?"

루창창이 대답했다.

"네."

칭화는 주변을 둘러보고 루창창에게 말했다.

"우리 여기 나무에 앉아 이야기하자."

루창창은 아동심리 치료 센터에 있는 나무에 등을 기댄 채 칭화가 들려주는 리취안취안과 그 아버지 이야기를 들었다.

리취안취안의 아빠는 덩치가 크고 건장했다. 그런데 아들인 리취안취안을 거칠게 다루면서 늘 혼내고 두들겨 팼다.

어느 날 리취안취안이 집에 있는 어항을 깨뜨리자 아빠는 아들을 식탁 밑에 묶어 놓았다. 리취안취안은 꽁꽁 묶인 채 자기네 애완견이 자유롭게 돌아다니는 모습을 지켜보던 그 날을 잊지 못했다. 그날 뒤 리취안취안은 싸움을 하고 자기보다 작은 아이들을 때리기 시작했다.

칭화의 이야기를 듣자 루창창은 리취안취안을 무조건 미워할 수만은 없을 것 같은, 아주 복잡한 마음이 들었다.

며칠 동안 마을에 뚱보 거위가 보이지 않자 리취안취안은 안절부절못했다. 리취안취안이 한 집 한 집 찾아가 뚱보 거위가 있는지 확인하는 걸 많은 사람이 보았다.

그 사실을 안 칭화는 걱정이 되어 리취안취안의 뒤를 몰래 따라갔다.

결국 리취안취안은 뚱보 거위를 찾아내어 그 집 대문을 두들겼다. 뚱보 거위의 주인은 성격이 좋지 않은 여자였다. 거위 주인은 리취안취안이 자기 집 흰 거위를 쫓아다닌다는 바로 그 아이라는 걸 알아채고는 대문에서 멀리 떨어지라고 소리쳤다.

리취안취안은 막무가내였다. 리취안취안은 마당 안에 있는 뚱보 거위를 작은 눈으로 바라보며 거위를 풀어 주라며 계속 문을 두드렸다.

"거위한테 할 말이 있단 말이에요!"

리취안취안은 여주인에게 소리쳤다.

여주인 역시 화가 단단히 나 목청껏 소리쳤다.

"아동심리 치료 센터 담당 간호사는 도대체 어딜 간 거야? 환자가 남의 집 앞에서 이렇게 소란을 떨어도 코빼기도 안 보이고!"

그러자 칭화가 달려와 여주인에게 미안하다고 했다. 굳게 닫힌 대문을 사이에 두고 칭화가 말했다.

"아주머니, 아이가 성가시게 하고 거위를 못살게 굴어서 죄송해요. 마음이 아픈 아이예요. 리취안취안은 아빠의 폭력에 깊은 상처를 받았답니다. 몇 년이 흘렀어도 여전히 마음속에 응어리가 있고 그 상처는 더욱 깊어만 가네요. 이 아이가 우리 차오포 마을의 아동심리 치료 센터에 온 이상, 우리는 상처받은 이 아이가 마음속 분노를 털어 내도록 치료해 줘야 합니다. 마음속 분노는 등잔 속 기름과도 같아서 다 타면 깨끗해질 수 있어요."

"알았어요. 이런 아이를 치료하기는 정말 어렵겠군요!"

여주인은 한숨을 쉬며 말했다.

칭화가 돌아보니 리취안취안은 이미 흔적도 없이 사라진

뒤였다. 칭화는 급히 마을 거리로 달려가 리취안취안을 찾았
다. 그때 리취안취안이 뚱뚱한 강아지 뒤를 쫓으며 무섭게
소리치는 모습이 보였다.

"너 잡히기만 해 봐. 내가 너를 탁자 밑에 꽁꽁 묶어 놓을
테다!"

칭화는 슬픈 눈으로 리취안취안을 바라봤다. 상처받은 이
아이, 뚱뚱한 동물은 죄다 자기 아빠라고 생각하다니…….
정말 상처가 깊구나.

콩나물

차오포 마을 아동심리 치료 센터에 한 여자아이가 왔다. 콩나물처럼 작고 가늘게 생겨서 모두 콩나물이라고 불렀다. 그렇지만 '나무 사이 집 꽃차' 자료실에 제출한 진짜 이름은 우바이창이다. 이 이름은 현실 속 콩나물이랑 전혀 어울리지 않는다.

콩나물은 '푸른 연못' 방에서 산다. 치료 센터에 있던 여자아이들이 모두 퇴원하고 콩나물 혼자 남았다. 그래서 담당 간호사인 궈궈가 '푸른 연못' 방에 함께 살면서 콩나물을 돌봐 주었다.

콩나물은 침대에 누워 있든 풀밭에 누워 있든 그 모습이 마치 하늘하늘한 콩나물 같았다.

콩나물은 전형적인 거식증 환자다. 한 발레 선생님이 아이가 네 살 때 아이에게서 발레 재능을 발견한 뒤, 콩나물은 힘들고 고된 발레의 길을 걷게 되었다. 콩나물이 뭘 먹는지는 온 가족의 최대 관심사였다. 열두 살이 됐을 때 콩나물은 수많은 발레 대회에서 1등을 했지만, 이미 심각한 거식증에 걸린 상태였다. 콩나물은 음식 냄새를 맡기만 해도 마음이 초조해져 화가 어마어마하게 났다. 그렇지만 콩나물은 화낼 기력조차 없어 늘 기절하여 땅에 쓰러졌고, 그 뒤 영양제를 맞고서야 겨우 체력을 회복했다.

콩나물과 가족은 모두 콩나물이 발레를 포기하고 차오포 마을 아동심리 치료 센터에서 잃어버린 식욕을 되찾기만 기다렸다.

콩나물은 어디를 가든 기대거나 앉거나 누워 있는 모습이 정말 콩나물 같았다. 바람이라도 불라치면 콩나물은 옆에 있던 담당 간호사 궈궈의 팔을 잡아야만 넘어지지 않고 간신히 앞으로 걸어갈 수 있었다.

어느 날 콩나물은 혼자 풀밭에 누워 하늘을 바라보고 있었는데 귓가에 벌레 소리가 끊이지 않았다. 뚱뚱한 루창창의 거대한 그림자가 얼굴에 내리쬐던 햇볕을 가리자, 콩나물은 비로소 꿈에서 깬 현실 세계로 돌아왔다.

"네가 '푸른 연못' 방에 사는 콩나물이지?"

루창창이 물었다.

콩나물은 눈을 뜨고 앞에 서 있는 거대한 검은 그림자를 보며 말했다.

"넌 누군데? 그나저나 좀 비켜 줄래? 네가 햇빛을 가렸잖아!"

루창창은 얼른 몸을 비켜 콩나물의 얼굴과 몸 위로 햇빛이 쏟아지도록 했다.

콩나물은 다시 눈을 감았다.

루창창은 콩나물이 자기와 이야기할 생각이 없는 것 같아 그냥 가려고 했다. 그런데 몸을 돌리는 순간 콩나물이 깜짝 놀라서 부르는 소리가 들렸다.

"악! 야!"

루창창이 돌아보니 콩나물의 가느다란 목 위로 커다란 노란색 메뚜기가 올라앉았다. 콩나물은 지금까지 오로지 발레와 토슈즈만 생각하며 지냈고 도시를 떠나 생활해 본 적이 없었다. 그런 콩나물이 메뚜기라는 동물을 상상이나 했을까? 루창창은 차오포 마을에 먼저 와서 얼마 동안 지내면서 메뚜기를 봐 왔다. 그래서 루창창은 콩나물에게 가만히 있으라고 했다.

콩나물이 긴장한 채 두 팔을 뻗고 검은 눈동자를 아래로 내렸지만 그래도 목 위에서 꿈쩍 않고 서 있는 메뚜기는 보이지 않았다. 공포심이 콩나물의 여린 몸을 점점 더 옥죄어 콩나물은 숨을 쉴 수가 없었다.

"지금 얘 내 목에서 뭐 하고 있어?"

"이건 전설 속의 메뚜기야!"

루창창이 손가락 두 개를 뻗어 메뚜기를 잡았다. 콩나물은 놀란 가슴을 쓸어내리며 벌떡 일어나 앉더니 루창창 손에 붙들려 긴 다리를 동동거리는 메뚜기를 쳐다봤다.

루창창이 말했다.

"다리에 살 진짜 많다. 구워 먹으면 정말 맛있을 텐데."

루창창이 메뚜기를 먹을 생각을 하다니, 콩나물은 갑자기 속이 울렁거려 헛구역질하기 시작했다. 하지만 먹은 게 없으니 나오는 건 아무것도 없었다.

콩나물이 힘들어하자 루창창은 쥐고 있던 메뚜기를 풀어 주었다. 그리고 맛있는 음식에 관한 끝없는 상상의 나래를 접었다.

긴 다리로 평생 높이뛰기만 해 온 메뚜기는 풀숲을 경중경

중 뛰어가다 풀잎에 내려앉았다. 그리고 콩나물과 루창창 쪽으로 고개를 돌렸다. 메뚜기가 생각해도 차오포 마을 풀밭에 자기를 모르는 사람이 있다는 사실이 이상했나 보다.

메뚜기에 정신이 팔린 콩나물이 말했다.

"천하장사, 네 다리가 메뚜기 같았다면 멀리, 그리고 높이 뛸 수 있었을 텐데. 그렇게 남의 햇빛만 가리고 있지 않고서 말이야."

루창창은 정곡을 찔렸다는 듯이 말했다.

"네 목 위에 있는 걸 떼어 주었으니 운동 얘기는 하지 마. 알았지?"

콩나물은 루창창의 살찐 몸을 유심히 보더니 루창창의 마음을 이해한 것처럼 고개를 끄덕였다.

루창창의 배 속에서는 한바탕 전쟁이 일어났다. 방금 상상 속 메뚜기 다리 튀김이 식욕을 자극한 듯 입안 가득 침이 고였다.

"밥 먹을 시간이야. 우리 가서 밥 먹자."

콩나물의 얼굴에 고통의 그림자가 드리웠다.

"나는 밥을 안 먹은 지 오래됐어. 집에서 내가 뭔가 먹으려고 하면 엄마, 아빠는 아무것도 하지 않고 내 곁에서 내가 먹는 걸 지켜봤어. 내가 뭘 먹으면 그날이 바로 우리 엄마, 아빠 잔칫날이었지."

"야, 진짜 부럽다! 우리 둘은 정반대다. 밥 먹을 때 내가 네가 되고, 네가 나라면 정말 좋겠다."

루창창이 아쉬운 듯 말했다.

콩나물이 갑자기 기발한 생각이 난 듯 루창창을 바라봤다.

"만약 네가 나를 업고 가면 밥을 조금 먹어 볼게."

루창창이 낑낑거리며 무거운 몸을 구부렸다.

"좋았어! 나 천하장사잖아!"

콩나물은 풀숲에 사는 푸른 벌레처럼 루창창의 살찐 등 위에 천천히 업혔다. 루창창의 등은 코끼리 등 같았다. 루창창은 푸른 벌레처럼 가벼운 콩나물을 차오포 마을 치료 센터 식당까지 업고 갔다. 콩나물을 내려놓자 땀이 줄줄 흘러 루창창의 러닝셔츠와 반바지 허리 부분이 땀범벅이 되었다.

콩나물은 먹고 싶은 생각이 전혀 없었다. 요리사 한만은 일부러 콩나물을 루창창 맞은편에 앉혀 루창창이 그릇에 있는 음식을 어떻게 먹어 치우는지 자세히 보도록 했다. 루창창에게 밥 먹기 공연을 하게 한 것이다.

한만은 탁자 옆에서 까닭을 설명했다.

"지금 루창창은 엄청난 식욕을 느끼고 있어. 방금 땀을 뻘뻘 흘리며 많은 에너지를 썼지. 그래서 음식으로 보충해야해. 그것도 많은 양의 음식을 먹어야 하지. 콩나물아, 너도 루창창처럼 입맛을 찾아야 한다."

그러고는 다시 루창창에게 귓속말을 했다.

"밥 먹기 공연은 네 장기이자 특기지. 오늘 콩나물을 위해 공연 한번 잘해 줘."

콩나물이 말했다.

"다 들려요. 나를 업고 왔으니 너 점심 먹는 모습은 지켜볼게."

루창창은 이 세상에 자기가 밥 먹는 모습을 구경하는 사람이 있을 줄은 상상도 못했다. 루창창은 콩나물의 말이 진짜인지 장난인지 헷갈려서 옆에 있던 한만을 흘깃 쳐다봤다. 그러자 한만이 그렇다는 눈짓을 보냈다.

루창창은 걱정을 떨치고 눈앞의 음식을 먹기 시작했다. 먹을수록 마음이 편해진 루창창은 몇 입 먹고 나자 신 나는 음식 세계로 빠져들었다.

콩나물은 루창창이 먹는 모습을 보며 마치 반년 동안 먹을 걸 한 번도 구경 못한 굶주린 표범이 떠올랐다. 루창창이 놀라운 속도로 접시에 담긴 음식을 싹쓸이하자 콩나물은 마음이 꿈틀꿈틀 움직이는 게 느껴졌다. 아니, 콩나물은 감동했다. 콩나물은 고개를 들어 한만에게 말했다.

"밥 조금하고 청경채 한 줄기 주실 수 있어요?"

한만은 신이 나서 손에 든 국자로 탁자를 두드렸다.

"우리 콩나물이 밥을 먹는다고?"

루창창도 신이 나서 입을 닦았다. 루창창은 일종의 성취감을 느꼈다. 콩나물은 사막에서 헤매는 소경처럼 음식에 아무런 흥미를 느끼지 못했다. 그런데 루창창의 왕성한 식욕이 길을 잃고 헤매는 콩나물의 식욕을 일깨워 다시 돌아오게 한 것이다.

콩나물이 나뭇잎을 갉아 먹는 푸른 벌레처럼 밥 조금과 기름기가 전혀 없는 청경채를 조금씩 먹기 시작했다. 그때 구석에 앉은 한 남자아이가 차갑게 비웃으며 말했다.

"모두 미쳤어."

허위샹, 양치질을 포기하다

'푸른 폭포' 방에 사는 허위샹은 사람을 보든, 사물을 보든 꼭 이 말을 한다.

"모두 미쳤어."

정말 기이한 아이였다.

'푸른 폭포' 담당 간호사인 칭화가 한번은 허위샹에게 이렇게 말했다.

"네가 '모두 미쳤어'라는 말을 안 할 때 병이 좀 낫는 것 같던데."

그러자 허위샹이 눈을 동그랗게 뜨고 말했다.

"미쳤어요?"

루창창이 콩나물을 업고 식당에 들어와 온몸에서 땀 냄새를 풍기며 콩나물에게 밥 먹는 시범을 보여 주고 또 콩나물이 그에 따라 밥과 삶은 청경채 한 줄기를 먹던 그날, 허위샹은 루창창과 콩나물이 앉은 탁자에 다가가 말했다.

"병이 심각해!"

그렇게 말하고는 허위샹은 한들한들 식당 문을 나섰다. 루창창과 콩나물이 보니, 허위샹은 신발을 구겨 신고 다리를 질질 끌고 나가 풀밭에 벌러덩 누웠다. 그는 눕자마자 계속 구겨 신어 형태가 다 망가진 신발을 획 내던졌다.

루창창은 '푸른 폭포' 방 담당 간호사인 칭화가 식당 문을 열고 나가 허위샹에게 다가가 무언가 이야기하는 것을 보았다. 칭화가 말해도 허위샹은 꼼짝하지 않고 여전히 누워 있었다. 그러다가 발가락 끝으로 신발을 주워 올려 다른 발에 걸치고 흔들었다. 신발과 발이 옛날 악기인 죽판(박자를 맞추는 데 쓰는, 대나무로 만든 장방형의 중국 리듬악기-옮긴이)을 연주하는 것 같았다. 흔들흔들하며 두드리는 모습이 꽤 리듬감 있어 보였다.

나중에 루창창과 치료 센터의 모든 아이는 허위샹이 외모에 전혀 신경 쓰지 않고 치료 센터의 어떤 활동에도 참여하지 않는다는 사실을 알게 되었다. 허위샹은 어떤 일에도 자기 생각을 말하지 않았고, 일단 입을 열어 나오는 말은 모두

"모두 미쳤어."였다.

칭화는 허위샹이 이를 닦지 않는 것이 가장 참을 수 없었다. 부유한 집에서 자란 아이가 양치질을 포기했다는 것은 조만간 모든 것을 포기하겠다는 뜻이다.

칭화는 치료 센터 문 앞의 풀밭에 서서 허위샹의 상태를 나아지게 할 좋은 방법이 뭐 없을까 고민했다. 그러다 칭화는 뚱보 아이 루창창을 떠올렸다.

칭화는 '참나무 아래' 방으로 루창창을 찾아왔다.

"나 좀 도와줄 수 있을까?"

루창창이 말했다.

"뭘 그렇게 조심스레 이야기하세요? 당연히 도와드릴 수 있죠."

칭화가 말했다.

"지금 허위샹이 양치질을 하지 않아 고민이거든."

루창창이 무슨 말인지 모르겠다는 듯 다시 물었다.

"허위샹에게 이를 닦으라고 해도 안 닦는다고요?"

"누가 닦으라고 말해도 아무 소용이 없어. 열댓 살이나 된 아이인데 이 닦는 게 중요하겠니, 안 중요하겠니? 걔네 엄마는 이가 다섯 개 났을 때부터 이 닦는 법을 가르쳤을 거야."

"그럼 저보고 개한테 이 닦는 법을 가르치라고요? 선생님이 말해도 듣지 않는 말을 제가 한다고 들을까요?"

루창창이 이렇게 묻자 칭화의 얼굴이 심각해졌다.

"허위샹이 우리 치료 센터에 처음 왔을 땐 이가 하얀색이었지. 그런데 지금은 갈수록 누렇게 변하고 있어. '푸른 폭포' 방 리취안취안에게 물어봐도 허위샹이 양치질을 안 하는 걸 알고 있단다. 우리는 이런 부분에도 책임이 있어."

"근데 걔는 왜 이를 닦지 않으려는 거예요?"

칭화가 한숨을 내쉬었다.

"허위샹은 꿈이 없어."

루창창이 물었다.

"이를 안 닦는 거랑 꿈이 없는 거랑 무슨 상관이에요?"

칭화가 말했다.

"허위샹이 어떤 애인지 넌 상상도 못 할 거야. 그 아인 예전에 스케이트를 배웠는데 전국 어린이 대회에서 2등을 했어. 피아노도 수준급이고, 그림을 배워 전국 어린이 사생 대회에 참가해 은상을 받았단다. 허위샹은 예전엔 꿈이 정말 많았어. 걔 아빠, 엄마도 자기 아들이 세상에서 가장 똑똑한 아이라고 생각했단다. 그래서 더 많은 것을 배우도록 했지.

그런데 허위샹은 지친 나머지 모든 것에 질려 버렸어. 내 생각에 허위샹은 어릴 때부터 집에서 걸었던 큰 기대가 부담이 된 것 같아. 그래서 어디로 가야 할지 모르게 된 거지. 허위샹이 여기 오기 전 상황은 아주 심각했단다. 엄마, 아빠가 피아노를 치라고 했더니 피아노 뚜껑을 박살 내고 흰색 건반과 검은색 건반을 분해해서 블록처럼 집을 만들었어. 그러고는 집을 가리키며 엄마, 아빠에게 '이건 내가 만든 감옥인데 여기에 엄마, 아빠를 집어넣고 내가 자랄 때까지 못 나오게 하고 싶어요!' 하고 말했단다. 엄마, 아빠가 그림을 그리라고 했더니 이번에는 물감을 벽에 바르고 '집이 너무 답답해. 베란다에서 뛰어내릴 거야!' 하고 소리를 고래고래 질렀대. 허위샹은 수많은 꿈을 죄다 버려서 이젠 찾지 못하고 있어. 지금 우리는 그 아이가 꿈꿀 것을 찾도록 도와주는 중이야. 그 꿈이 아주 큰 꿈이 아니어도 괜찮아. 예를 들면 양치질부터 시작하는 거지."

"제가 어떻게 도울 수 있는데요? 말씀해 보세요."

이야기를 들은 루창창의 마음속에는 허위샹을 돕고 싶다는 생각이 들어찼다. 뭐든 상관없었다.

"이가 아픈 척을 해 줘."

"이가 아픈 척을 하라고요? 어떻게요? 이가 아픈 척하면 그 애가 이를 닦을까요?"

칭화가 말했다.

"이런 걸 고육지책(苦肉之策)이라고 하는데 말이야, 방법이 없을 때 어쩔 수 없이 택하는 방법이지. 난 기필코 이를 닦게 할 거야."

루창창이 말했다.

"알았어요."

칭화가 말했다.

"치통 연기는 오늘 저녁 식사 때부터 시작하는 거다."

루창창이 말했다.

"여기서 연습 한번 해 볼까요?"

칭화가 웃으며 말했다.

"괜찮아. 내 생각에 넌 분명히 이가 아픈 경험이 있을 것 같은데?"

루창창이 말했다.

"난 이가 아플 때 참을 수 없어서 머리를 벽에 부딪쳤던 적이 있어요."

그러자 칭화가 바로 반대했다.

"어떤 방법을 써도 괜찮아. 하지만 머리를 벽에 부딪치는 건 안 돼. 그러다가 다치면 내가 어떻게 해 줄 수가 없잖아."

"그럼 데굴데굴 구를까요?"

"그거 괜찮겠다."

루창창은 칭화를 돕는 것이 좋은 일이라는 생각에 상상력을 발휘하기 시작했다.

"데굴데굴 구를 때 강아지처럼 탁자 다리를 이로 물어뜯으면 더 비슷할 것 같아요."

칭화가 입을 가리고 웃었다.

"너 정말 귀엽다."

저녁 식사 시간에 루창창은 일부러 늦게 식당에 갔다. 평상시에는 식사 시간에 1등으로 달려 들어가 가장 먼저 음식을 받아먹던 루창창이었다.

하지만 오늘은 창밖에서 허위샹이 식당에 앉아 밥 먹는 모습을 확인한 다음에야 들어갔다. 식판을 손에 받는 순간 식판이 쨍그랑 소리를 내며 바닥에 떨어졌다. 루창창은 입을 가리고 바닥을 데굴데굴 구르며 소리를 고래고래 질렀다.

"아야! 아야! 내 이! 내 이! 아파! 아파!"

깜짝 놀란 아이들은 바닥을 굴러다니는 루창창을 지켜보

느라 밥 먹는 걸 잊었다. 루창창이 계획대로 탁자 앞에 굴러가 탁자 다리를 붙잡고 이로 물어뜯었다. 그러자 칭화가 뛰어나와 루창창의 머리를 젖혀 탁자 다리를 물어뜯지 못하도록 했다. 모두 젓가락을 든 채 루창창을 둘러싸고 웅성웅성거리며 이가 왜 그렇게 아픈지 물었다. 그러나 허위샹은 식탁에 앉아 밥을 먹으며 침착하게 말했다.

"뚱땡이 왜 저래? 이가 아프다고 저렇게 돼? 미친 거 아냐? 꼭 머리라도 다친 것 같네."

루창창이 안간힘을 쓰며 탁자 다리를 물어뜯으려고 하자 칭화가 바로 루창창을 안고 큰 소리로 말했다.

"너 이 좀 보자. 혹시 양치질 안 한 것 아니니? 엄마, 아빠가 안 계셔서 말해 줄 사람이 없으니까 이 닦는 걸 잊은 거 아니니?"

루창창은 일부러 멍한 표정을 지은 다음 고통스러운 듯 말했다.

"며칠 동안 이를 안 닦았어요."

"봐 봐, 이를 안 닦으면 이렇게 된다니까. 양치질 안 하면 바닥에 굴러다니고 탁자 다리나 물어뜯게 된다고. 일어나. 이 좀 보자. 너 우선 이부터 닦자. 좋은 습관을 길러야지. 아파 죽고 싶으면 앞으로 이 닦지 말고."

칭화는 허위샹에게 들리도록 큰 소리로 말했다.

허위샹이 멍한 표정을 하고 있었다. 루창창의 방법이 통한 것이다. 칭화는 루창창의 귓가에 대고 속삭였다.

"허위샹이 반응을 하는걸."

허위샹에게 반응이 있다는 소리를 듣자 루창창은 좀 잠잠해지는가 싶더니 혼자 일어나 두 손으로 입을 가리고 식탁 옆에 앉아 계속해서 "아야, 아야." 하고 신음을 냈다. 요리사 한만이 주방에서 나와 칭화에게 물었다.

"루창창 왜 저래요? 이가 아픈 거예요? 딱딱한 음식 먹을 수 있어요? 칼국수를 끓일까요?"

칭화가 급히 말했다.

"아니에요. 좀 있으면 괜찮아질 거예요. 며칠간 이를 안 닦았더니 충치가 신경을 갉아 먹었나 봐요."

그날 밤 칭화는 허위샹이 양치 컵과 칫솔, 치약을 들고 세면장에 들어가 한참 동안 나오지 않는 장면을 목격했다. 칭화는 몰래 웃으며 '참나무 아래'로 가 루창창에게 말했다.

"허위샹이 세면장에서 이를 닦고 있어. 시작한 지 벌써 30분이 지났는데 아직 안 나와."

루창창이 걱정스러운 듯 말했다.

"이렇게 오랫동안 이를 닦다가 칫솔을 내던지지는 않을까요?"

칭화가 신 난 목소리로 말했다.

"그럴 리가! 허위샹은 아직 가능성이 있어. 걔 엄마, 아빠가 말한 것처럼 그렇게 심각하지는 않아. 지금 이 닦을 생각을 하잖아. 그게 얼마나 중요한 시작인데."

루창창이 말했다.

"이를 닦기 시작한 것만으로 가능성이 있다면 날마다 샤워해서 끔찍한 발 냄새가 사라지는 순간에는 바로 정상이 되겠네요."

칭화가 이맛살을 찌푸리며 말했다.

"아, 허위샹이 돌아온다! 에잇! 샤워는 안 했네."

런전

'푸른 폭포' 방에 사는 런전은 거짓말을 하지 않고는 못 배기는 마음의 병을 앓고 있다. 가족이 차오포 마을 아동심리 치료 센터에 런전을 데리고 왔을 때 칭화는 부모님에게 런전이 언제부터 거짓말을 시작했는지 자세히 물었다. 그러나 런전의 부모님은 대답을 제대로 하지 못했다. 부모님과 학교 선생님이 런전에게 거짓말하는 버릇이 있다는 걸 알아차렸을 때 런전은 이미 밥 먹듯 거짓말을 하고 있었기 때문이다.

'푸른 폭포' 방에서 리취안취안은 런전을 화풀이 대상으로 삼았다. 그래서 틈만 나면 꼬투리를 잡아 문제를 만든 다음 런전을 두들겨 팰 구실을 만들었다. 그 결과 리취안취안은 갈수록 더 자주 런전을 때렸고, 런전은 갈수록 거짓말을 많이 하게 되었다. 런전이 거짓말을 더 많이 할수록 리취안취안은 더 무섭게 런전을 때렸다.

'푸른 폭포' 방의 담당 간호사인 칭화는 리취안취안에게 또 런전을 때리면 독방을 쓰게 할 거라면서 누군가를 때리고 싶으면 주먹으로 벽을 치라고 몇 번이나 타일렀다. 그 말을 들은 리취안취안은 당황한 나머지 손이 마구 간지럽고 공포감이 들었다. 만약 때릴 사람이 없다면 어떡하지? 그렇게 이틀을 참았다. 이틀이 지나고 리취안취안은 또다시 런전을 때릴 핑곗거리를 찾기 시작했다.

이 사실을 안 칭화는 화가 나 '푸른 폭포' 방으로 달려왔다. 칭화는 리취안취안에게 침대에서 일어나 자기 물건을 정리하라고 했다. 리취안취안이 물었다.

"이 밤에 물건들을 정리해서 뭐 하게요?"

"방을 옮길 거야."

"누가요?"

"너!"

"어디로요?"

사실 리취안취안은 어느 방으로 옮길지 너무나 잘 알았다. 그걸 알면서도 이렇게 물었던 것이다.

"어느 방으로 옮기겠어? 바로 '가시비름' 방이 너를 기다리고 있지. 그 방이 빈 지 벌써 두 달이 지났어. 네가 가면 딱 좋겠다. 너 혼자 큰 방을 독차지하고 황제도, 대통령도, 사령관도 다 해. 벽을 치고 싶으면 벽을 치고 문으로 들어오기 싫으면 창문으로 들어와도 돼. 창문이 작은 것 같으면 창문을 깨뜨려도 되고……."

칭화는 리취안취안의 물건을 챙기면서 잔뜩 화가 난 채 말했다.

리취안취안은 칭화의 말이 거짓말이 아닌 걸 알자 침대로 뛰어들어 이불을 움켜쥐고 칭화가 더는 제 물건을 챙기지 못하도록 했다.

"안 갈 거예요. '가시비름' 방에 안 갈 거예요. 여기 '푸른 폭포' 방에서 살 거예요. 아무 데도 안 간다고요!"

그러자 칭화는 손을 멈추고 방에 있던 다른 두 아이에게 물었다.

"리취안취안이 '푸른 폭포' 방에서 나가는 데 동의하는 사람 손들어 봐!"

런전이 재빨리 손을 들었다.

리취안취안이 말했다.

"런전은 무효예요."

칭화가 물었다.

"왜 런전은 무효야?"

"쟤는 가짜로 손을 든 거예요. 만날 거짓말만 하잖아요."

리취안취안이 억지를 부렸다.

런전은 손을 높이 들고 내리지 않았다.

칭화가 허위샹에게 물었다.

"너는?"

허위샹은 눈을 감은 채 말했다.

"묻지 마세요. 리취안취안이 나가든 말든 나랑 아무 상관 없어요."

"너 기권이야?"

런전이 물었다.

"기권."

허위샹은 몸을 돌려 방 안에 있는 사람들에게 더는 신경 쓰지 않았다.

칭화가 말했다.

"방금 표결했지? 허위샹이 기권해서 1대 1. 이젠 내가 손을 들 거니까 결과는 2대 1. 그러니까 넌 지금 방을 옮겨야 해!"

리취안취안은 일이 이 지경이 되도록 뭐가 진짜 문제인지 알아차리지 못했다. 리취안취안은 침대에서 일어나 런전을 가리키며 말했다.

"앞으로 저 녀석이 거짓말 안 하면 다시는 안 때릴게요!"

칭화는 리취안취안의 말이 못마땅했다. 리취안취안은 늘 이런 식으로 행동했다. 이것이 바로 리취안취안의 품성이었다. 칭화는 리취안취안의 짐을 다시 정리하기 시작했다.

"지금 방을 옮길 거야. 하나 마나 한 소리는 더 하고 싶지 않다."

칭화가 진짜로 짐을 '가시비름' 방으로 옮기려고 하자 리취안취안은 정말 다급해졌다.

"알았어요, 알았어요. 다시는 저 녀석을 안 때릴게요. 런전이 토성에 사는 강도를 천사라고 뻥쳐도 진짜 안 때릴게요. 이제 됐어요?"

칭화가 나무라며 말했다.

"넌 앞으로 잘못을 저지르지 않겠다고 말할 때조차 다른 사람에게 책임을 돌리는구나."

리취안취안은 자기 짐을 다시 제자리에 두더니 다른 아이들에게 말했다.

"내가 다시 사람을 때리면 너희가 내 손을 깨물어도 좋아."

허위샹이 몸을 돌려 리취안취안에게 말했다.

"누가 네 손을 깨물고 싶대? 제일 좋은 방법은 너 스스로 네 손을 깨무는 거야. 겨울잠에서 깬 곰이 자기 손바닥을 핥는 것처럼 말이야."

허위샹의 말을 듣고 있자니 리취안취안은 화가 났다. 그렇지만 칭화가 웃는 것을 보고 참았다. 칭화가 말했다.

"좋아. 일단 오늘 밤은 옮기지 않을 거야. 하지만 오늘 이후로 다시 런전을 때린다면, 네게 물어보지도 않고 바로 방을 옮길 거야."

콩나물과 루창창의
비 내리는 날

하늘에서 가랑비가 내리던 날 아침이었다. 마을 밖 풀밭에서 햇볕을 쐬지 못하자 콩나물은 루창창이 생각났다. 루창창이 생각난 까닭은 단순했다. 루창창이 아침을 우걱우걱 야무지게 먹는 위풍당당한 모습을 다시 보고 싶었기 때문이다.

그렇지만 아침 식사 시간이 이미 지난 때였다. 콩나물은 식당에서 루창창을 잠시 기다렸지만, 루창창이 보이지 않자 '참나무 아래' 방으로 찾으러 갔다. '참나무 아래' 방에는 루창창 혼자 침대에서 자고 있었다. 다른 아이들은 모두 아침을 먹으러 나가고 아직 돌아오지 않은 상태였다. 콩나물은 루창창이 자는 모습을 보자 웃음이 났다. 루창창은 고개가 꺾여 목을 하늘로 향한 채 입을 벌리고 자고 있었다. 벌린 입안에 검은 동굴이 보이는데, 마치 세상에서 가장 음식을 잘하는 요리사가 막 구운 파이를 입안으로 던져 주는 것처럼 못내 아쉬워하는 표정이었다.

"일어나, 천하장사!"

콩나물이 손으로 루창창의 코를 움켜쥐었다. 그러자 잠시 뒤 루창창은 입을 더 크게 벌렸는데 호흡이 거칠어지는가 싶더니 결국 숨이 막혀 일어났다. 눈을 뜬 루창창은 콩나물이 침대 옆에 서 있는 걸 보더니 꿈 이야기를 들려주었다.

"내가 마을 아래 우물에 빠졌어. 근데 수영을 못해서 물속에서 숨이 막혀 죽을 것 같았는데 네가 나한테 밧줄을 던져 줬어."

콩나물이 웃으며 말했다.

"꿈은 다 반대래. 사실 내가 너를 우물에 빠뜨렸어."

"네가 나를 우물에 빠뜨렸다고?"

"내가 네 코를 잡았거든. 그래서 숨을 못 쉬게 되니까 악몽을 꾸기 시작한 거야."

루창창은 화를 내지 않고 말했다.

"꿈속에서도 너를 봤구나."

콩나물이 말했다.

"난 꿈 안 꾼 지 오래됐어. 꿈꿀 힘이 없거든."

루창창은 일어나 침대를 정리하고 창밖에 내리는 비를 바라보았다. 루창창은 고개를 돌려 콩나물에게 말했다.

"비 오는데 우리 뭐 할까?"

콩나물이 말했다.

"넌 빗속에서 달리기를 해야지."

루창창이 잘못 들은 줄 알고 다시 물었다.

"뭐라고?"

"빗속에서 달리기하라고 말했어."

"난 달리기가 세상에서 제일 싫어."

콩나물이 심각한 얼굴로 말했다.

"루창창, 내가 지금 제일 싫은 게 뭔지 알아?"

"뭔데?"

"난 지금 네 모습이 제일 싫어."

콩나물의 말을 듣고 마음이 불편해진 루창창은 자기 자신을 한 번 훑어보았다.

"내가 어때서? 남들보다 좀 뚱뚱한 게 뭐 어때서?"

콩나물이 말했다.

"그날 날 깜짝 놀라게 했던 메뚜기는 얼마나 귀여웠니? 메뚜기 다리는 모두 근육이지? 네가 그랬잖아. 메뚜기는 멀리

뛰고 또 높이 뛸 수 있다고. 제 키의 몇십 배, 아니 몇백 배를 뛸 수 있다고 했잖아. 그러고 보면 사실 우리 인간은 자연계 동물보다 훨씬 못한 거야."

콩나물의 말 속에 뼈가 있는 것을 알아차리고 루창창이 말했다.

"나를 메뚜기하고 비교해서는 안 되지. 아니, 메뚜기를 나하고 비교해서는 안 돼. 너 달리기 얘기 좀 그만할 수 없어?"

콩나물이 몸을 홱 돌려 나가려고 했다. 화가 난 것이 분명해 보였다. 루창창은 손을 뻗어 콩나물을 붙잡으며 말했다.

"간다는 말도 없이 그냥 가면 어떡해?"

콩나물이 몸을 돌려 루창창에게 물었다.

"내가 메뚜기 높이뛰기를 보는 게 재밌겠니? 아니면 가짜 천하장사가 늦잠 자는 모습을 보는 게 재밌겠니?"

루창창은 고개를 숙여 침대 밑에 있던 신발을 찾아 신고 콩나물과 함께 '참나무 아래' 방을 나섰다. 콩나물은 우산도 없이 비옷도 입지 않은 채 빗속으로 들어갔다. 루창창은 잠깐 망설였지만 곧 콩나물의 뒤를 따라 빗속으로 뛰어들었다.

허위샹은 현관 앞 차양 아래서 내리는 비를 보다가 콩나물과 루창창이 맨몸으로 빗속을 걷는 걸 보았다. 처음에는 그

냥 보고만 있다가 나중에는 빗속에 있는 두 아이에게 소리
쳤다.

"너희 미쳤냐?"

콩나물은 계속 앞으로 걸어갔다. 콩나물의 걸음이 빨라질
수록 뚱뚱한 루창창은 따라가기가 힘들었다. 빗줄기가 거세
지자 빗방울이 머리카락을 타고 눈으로 흘러들었다. 루창창
은 눈으로 흘러드는 빗물을 손으로 계속 닦아 냈다.

루창창이 콩나물을 앞질러 가서 보니 놀랍게도 콩나물은
눈을 감고 걷고 있었다. 아마 처음부터 눈을 감고 걸은 것
같았다.

"너 계속 눈 감고 걸었어?"

콩나물은 여전히 눈을 감은 채 대답했다.

"차오포 마을에서 길을 가는 사람은 모두 눈 뜨고 걸어야
한다는 법이라도 있어? 여긴 도시의 큰 도로가 아니라고. 차
도 없고, 사람들로 북적이지도 않아. 차오포 마을에서는 새
들도 강아지 앞에서 조는데……."

콩나물의 말을 듣고 보니 루창창은 재미있다는 생각이 들
었다. 그래서 콩나물을 따라 걸으며 귀신에 홀린 듯 콩나물
이 하는 모습을 좇아 눈을 꼭 감았다. 빗속에서 콩나물과 루

창창은 눈을 감고 걸으며 서로 소리쳤다.

"눈 뜨지 마!"

"누가 떴대?"

그때 루창창이 누군가와 부딪쳐 "앗!" 소리를 내며 눈을 떴다. 루창창과 콩나물은 웃통을 벗은 한 노인을 보았다.

"누구세요?"

루창창이 물었다.

"내 이름은 무차오란다."

할아버지가 대답했다.

차오포 아동심리 치료 센터의 벽면에 걸린 담당 간호사의 예쁜 이름 중에는 무차오라는 이름이 있었다. 루창창은 무차오가 차오포 마을의 건강 기인이라는 이야기를 들은 적이 있다. 무차오는 1년 365일 내내 웃통을 벗고 햇볕을 쬐고, 비를 맞고, 바람을 맞고, 눈을 맞는다. 그는 차오포 마을의 살아 숨 쉬는 조형물이었다.

루창창은 누가 시키지 않았는데도 알아서 스스로 자기소개를 했다.

"저는 천하장사 루창창이에요."

콩나물이 루창창을 가리키며 말했다.

"천하장사는 가짜고요, 초특급 뚱보예요. 저는 우바이창이
에요. 근데 모두 저를 콩나물이라고 불러요."

무차오는 고개를 들고 하늘을 향해 입을 크게 벌렸다. 그
러자 하늘에서 춤추듯 떨어지는 빗방울이 무차오의 입속으
로 들어갔다.

"치료 센터 아이 중에 너희처럼 비를 맞으며 달리기하는
아이들은 처음 봤다. 차오포 마을 하늘에서 내리는 비가 얼
마나 맛있는지 먹어 봤니?"

루창창은 무차오가 하는 동작대로 물고기가 아가미를 벌
리듯 하늘에서 내리는 빗물을 꿀꺽 삼켰다.

"달다, 정말 달아."

콩나물은 무차오에게 인사하고 가려다가 갑자기 용기를
내어 부탁했다.

"무차오, 등을 한번 만져 봐도 될까요?"

"왜 그래?"

루창창은 콩나물이 왜 그런 부탁을 하는지 알 수 없어 막
으려고 했다.

무차오가 웃으며 말했다.

"당연히 되지. 고민하지 말고 만져 봐라. 나는 우리 차오포

마을의 나무다리(무차오는 나무다리라는 뜻-옮긴이)니까."

콩나물이 손을 뻗어 무차오의 흠뻑 젖은 등을 만져 봤다. 무차오의 따뜻한 몸은 진짜 나무처럼 단단했다.

무차오가 앞쪽을 가리키며 말했다.

"앞으로 200미터만 더 달려가면 차오포 마을의 진짜 나무다리를 볼 수 있을 거다. 기둥 다섯 개로 세웠는데 정말 아름답단다. 그 나무다리에 가 보지 않고는 차오포 마을에 왔다고 할 수 없지."

순간 콩나물은 차오포 마을에서는 풀과 나무가 사람이고 사람이 곧 풀과 나무라는 느낌이 강하게 들었다. 콩나물에 이어 무차오와 작별하며 루창창은 벌거벗은 무차오의 등을 계속해서 뒤돌아봤다. 빗방울이 더 거세져 흐릿흐릿해지면서 무차오는 진짜 빗속에 서 있는 나무다리 같았다.

하늘에서 흩뿌리던 비가 그쳤을 때, 콩나물과 루창창은 온몸이 비에 흠뻑 젖어 있었다.

루창창이 축축해진 머리카락을 손으로 넘기며 말했다.

"비에 젖었는데도 상쾌하다는 느낌은 처음이야."

콩나물이 신 나서 말했다.

"나도! 옷이 젖었지만, 생각했던 것만큼 기분이 나쁘지는 않은데?"

이때 콩나물은 루창창이 말하는 소리를 들었다.

"내일부터 나 달리기할 거야."

"진짜?"

콩나물이 물었다.

"그렇지만 너랑 약속하지는 않을 거야."

"장난으로 하는 말 같지는 않다."

콩나물이 말했다.

진짜로 다음 날 아침 차오포 마을 사람들은 모두 뚱뚱한 남자아이가 달리기하는 것을 볼 수 있었다. 루창창이 땀범벅이 되어 아동 심리 치료 센터 어귀로 들어서자 나무 아래에서 담배를 피우던 허위샹이 고개를 갸웃거리며 루창창을 지켜보았다. 허위샹이 몰래 담배를 피운다는 건 알 만한 사람은 다 알았다. 루창창도 그 사실을 안다.

루창창이 물었다.

"왜 날 보고 실실거리냐?"

허위샹이 루창창을 향해 소리쳤다.

"오늘 네가 너무 일찍 일어났길래 어둠을 틈타 뭘 훔치러 가나 보다 했지. 근데 달리기를 하다니 너, 미친 거 아니냐?

달리기해서 뭐 하려고? 살을 뺄 생각이면 내가 좋은 방법을 알려 주지."

루창창은 허위샹이 말한 좋은 방법이 무엇인지 궁금해서 그대로 있었다. 허위샹은 담배꽁초를 내던지고 손으로 뾰족한 칼 모양을 만들었다.

"가장 좋은 방법은 칼로 살을 직접 잘라 내는 거야. 가슴 아파하지 말고 과감하게 25킬로그램만 잘라 내면 넌 세상에서 최고 미남이 되는 거야."

루창창은 허위샹이 무슨 헛소리를 하든 간에 신경 쓰지 않고 바닥에 떨어진 담배꽁초를 가리키며 말했다.

"땅에 버리지 마. 그럼 차오포가 와서 치워야 하잖아."

허위샹 얼굴은 전형적인 나쁜 녀석의 표정이 되었다.

"차오포는 원래 마을을 청소하는 사람이야. 담배꽁초나 쓰레기를 줍는 일은 차오포의 꿈이야. 내가 차오포의 꿈을 뺏으면 안 되지."

루창창은 화가 났다.

"차오포의 꿈이 마을 쓰레기를 치우는 거라면 허위샹 너는 지금 꿈이 있어? 넌 그런 꿈조차 없으면서 다른 사람을 깔보다니! 다른 사람에 대해 함부로 이야기하지 말고 냄새나는 네 몸이나 깨끗하게 씻어!"

순간 허위샹은 분노가 폭발했다.

"내가 꿈이 있든 말든 네가 무슨 상관이야? 내가 씻든 말든 관심 꺼! 내 꿈은 담배 피우고 쓰레기를 만드는 거다, 알겠냐?"

루창창은 허위샹과 더는 입씨름하기 싫어서 몸을 돌려 문으로 들어가 '참나무 아래' 방으로 들어갔다. 창문으로 내다보니 허위샹은 발로 신발을 가지고 놀고 있었다. 신발을 하늘로 던졌다가 땅으로 떨어지면 다시 발로 집어 하늘로 던지면서 계속 뭐라고 중얼거렸다. 루창창은 창문을 크게 열고 허위샹과 함께 있으면서 밴 냄새가 빠지도록 했다.

이때 밖에서 들어온 진상상이 창문으로 바삐 다가오더니 열린 창문을 꽉 닫았다.

"창문을 이렇게 활짝 열어 놓으면 어떡해? 누가 기어들어오면 어쩌려고?"

루창창이 말했다.

"이렇게 더운 날 창문도 안 열고 어떻게 사니?"

진상상이 말했다.

"내 돈 잃어버리면 네가 보상할 거야?"

그제야 루창창은 진상상이 돈을 제 목숨만큼 사랑하는 탓에 돈 상자를 하루에 세 번씩 센다는 사실이 생각났다. 진상상은 모든 사람이 자기 돈 상자를 노린다고 생각했다.

그 순간 신신의 특별 담당 간호사인 춘수가 땀을 뻘뻘 흘리며 뛰어 들어와 신신을 본 사람이 있느냐고 물었다. 루창창은 달리기를 하려고 방에서 일찍 나갔기 때문에 신신이 어디로 갔는지 알지 못했다. 진상상 역시 신신이 어디 갔는지 몰랐다. 진상상은 자물쇠를 채워 둔 돈 상자 외에는 아무것에도 관심이 없다.

칭화와 덩차이 역시 소식을 듣고 뛰어와 춘수에게 말했다.

"마음 졸이지 마세요. 치료 센터 아이들과 다 같이 찾아봅시다."

루창창은 '푸른 연못' 방으로 달려가 콩나물에게 신신의 실종 소식을 알렸다. 콩나물은 이야기를 듣자마자 마음이 다급해져서 루창창과 담당 간호사들과 함께 사라진 신신을 찾으러 나섰다.

신신과 어미 말
'아이아이'

신신이 사라졌다는 이야기를 듣고 요리사 한만이 가장 먼저 한 일은, 냉동실 자물쇠를 황급히 열어 꽁꽁 언 돼지고기와 양고기 덩어리를 모조리 꺼낸 다음 하나하나 확인한 뒤 다시 냉동실 서랍에 집어넣은 일이었다. 사실 한만은 신신이 자물쇠로 굳게 잠근 냉동실 속으로 들어가지 못할 것을 알았다. 이 세상에서 자물쇠를 채운 냉동실은 이곳에만 있을 것이다. 그럼에도 한만은 눈으로 직접 확인해야 마음이 놓일 것 같았다. 차오포 마을의 아동심리 치료 센터에 온 아이들은 모두 특이하고 마음의 병이 깊었다. 그래서 아이들이 하는 일들은 기본적으로 어른들이 예상할 수 없었다. 아이들 머릿속에 스쳐 지나가는 생각은 마을 풀밭의 풀보다 더 다양하고 더 빨리 자라났다.

이른 아침부터 차오포 마을 사람 절반 정도가 나서서 제 자신을 학대하는 신신을 찾아다니고 있을 때, 신신은 차오포 마을 외딴곳에 있는 한 농가 마당에 우두커니 서서 한 마리 어미 말을 멍하니 바라보고 있었다. 신신은 그 말의 이름이 '아이아이'라는 사실을 몰랐다. 아이아이는 차오포에서 아주 이름난 말이었지만, 이제는 늙어 조용히 남은 생을 보내고 있었다. 신신은 그 사실을 나중에야 알았다.

아침에 신신은 검정 우산을 들고 치료 센터를 빠져나왔다. 어제 비가 내렸으니 오늘도 비가 내릴 거라고 생각했다. 사실 신신에게 어제와 오늘의 경계는 불분명했다. 신신은 내일이 어떨지는 생각조차 해 보지 않았다.

집 마당에는 아무도 보이지 않고 늙은 말 한 마리만 있었다. 신신과 말 사이에 있는 건 오래된 나무 울타리뿐이었다. 말 주변에는 건초 더미와 기다란 나무 구유가 있고 늙은 말의 평범한 그림자가 구유에 담긴 맑은 물 위에 비쳤다. 말은 검은 우산을 든 남자아이를 흘깃 보고는 한가로이 뒷발굽을 두 번 굴렀다. 신신의 눈길이 늙은 말의 뒷발굽에 꽂혔다. 손에 든 검은 우산이 미끄러져 땅으로 떨어졌다. 신신은 우산을 주울 생각도 하지 않고 뒷발굽만 계속 바라봤다.

마구간 문을 슬쩍 밀어 보니 문이 열렸다. 신신은 말에게 다가갔다. 늙은 말은 사람을 많이 만나 신신을 낯설게 생각하지 않았다. 차오포 마을에서는 사람과 동물과 식물이 모두 어우러져 살아가기 때문이다. 신신이 말에게 다가갔지만, 말의 얼굴과 눈에는 아무런 관심이 없었다. 신신이 말의 눈을 한 번이라도 봤다면 그 눈에서 아이아이가 살아온 과정과 어려움을 바로 읽을 수 있었을 것이다. 하지만 신신은 그저 편자를 박은 커다란 뒷발굽만을 뚫어지게 바라봤다. 뒷발굽만 봐도 말의 나이가 어리지 않음을 알 수 있었다. 그렇지만 여전히 힘과 무게가 느껴졌고, 발굽으로 땅을 힘차게 구르는 소리가 사방에 울려 퍼졌다.

늙은 말은 고개를 들어 신신을 한 번 흘깃 보더니 다시 마구간 밖으로 눈을 돌려 검은 우산을 봤다. 검은 우산은 땅에 떨어지면서 자동으로 활짝 펼쳐진 모습이었다. 늙은 말이 보기에 까맣고 커다란 게 이상하게 느껴졌다.

신신의 입가에 웃음기가 배어 나왔다. 신신이 말의 커다란 뒷발굽을 바라보며 셔츠를 벗자 벌거벗은 등이 드러났다. 신신은 셔츠를 땅에 던졌는데, 그러자 늙은 말은 경계하는 눈빛으로 남자아이를 바라봤다. 늙은 말은 아이가 불안한 듯

꼬리를 휘두르기 시작했다.

신신은 지금까지 도시에서만 살았기 때문에 직접 말을 본 적이 없었다. 텔레비전에서만 봤을 뿐이다. 그래서인지 말이 몸으로 보여 주는 언어를 이해하지 못했고, 말이 인간과 교감한다는 사실을 전혀 알지 못했다.

신신은 다시 늙은 말을 향해 다가갔고, 말은 일부러 신신을 피하려는 듯 자리를 옮겼다. 신신은 늙은 말이 신신의 움직임에 민감하게 반응한다는 사실을 알지 못했다.

신신은 무릎을 꿇고 늙은 말의 뒷발굽을 자세히 관찰했다. 신신은 웃음을 터뜨렸다. 웃으면서 간지러운 듯 손으로 가슴 앞쪽을 긁었다. 마음이 온통 말굽에 쏠린 신신은 편자만 있으면 자신의 '가려움'이 나아질 것으로 생각했다. 신신이 땅에 누워 위를 바라보자 말의 엉덩이가 바로 보였다. 말의 다리와 발굽이 더 굵고 거대해 보였다. 신신은 말의 뒷발굽으로 굴러간 다음 말의 배 밑으로 굴러가 꼼짝하지 않았다.

늙은 말은 놀란 것 같았다. 말의 눈빛에서 놀람과 불안함이 배어 나왔다. 신신이 보이지 않자 말은 안절부절 어쩔 줄을 몰랐다.

신신은 말이 발굽을 들어 올렸다가 망치처럼 탕탕 내려치기를 기다렸다. 하지만 말은 움직이지 않았다. 말은 머리를 하늘 높이 들었다. 하늘에 묻는 것 같기도 했고, 누군가 와 주기를 기다리는 것 같기도 했다. 신신은 말의 배 밑에 누워 한참을 기다렸지만, 말발굽은 조금도 움직이지 않았다.

신신은 발로 말의 뒷다리를 차기 시작했다. 그러면 말이 화가 나서 뒷발굽으로 자신을 밟고 짓누르겠거니 생각했다. 발로 말의 뒷발을 찰 때 신신의 몸이 말의 뒷발굽에 점점 가 까이 가 결국 벗은 몸이 말의 뒷발굽 아래에 놓이게 되었다. 신신이 말의 뒷발을 아프게 차자 말은 결국 발굽을 높이 들 었다. 그러나 발굽은 허공에 매달린 채 내려오지 않았다. 말 의 세 다리는 땅을 딛고 나머지 한 다리는 배 쪽으로 오므려 내려칠 생각이 없어 보였다.

순간 신신은 얼어붙었다. 말이 신신의 계획을 알아차린 걸 깨달은 것이다.

멀지 않은 곳에서 춘수의 목소리가 들렸다.

"신신, 어디 있니?"

늙은 말이 춘수의 목소리를 듣고 반응했다. 춘수는 말이 우는 소리를 듣고 급히 달려왔다. 춘수는 웃통을 벗은 채 말 발굽 아래 누워 있는 신신과 한쪽 뒷발굽을 든 채 내리지 않는 늙은 말을 바라보았다. 춘수는 방금 무슨 일이 있었는지 바로 알아차렸다. 재빨리 신신을 말의 배 밑에서 끌어냈다. 처음에 신신은 늙은 말의 배 밑에서 나오려 하지 않았다. 신신이 말에서 떨어져 나오자 늙은 말은 그제야 높이 들고 있던 발굽을 내렸다.

춘수가 신신을 데리고 아동심리 치료 센터로 돌아오자 많은 사람이 신신이 어디에 있었냐고 물었다. 그렇게 많은 사람이 찾으러 다녔어도 찾지 못했는데 갑자기 신신이 어디서 나타났는지 궁금했던 것이다.

신신은 셔츠 단추를 채우지 않아 가슴이 풀어 헤쳐진 상태였다. 그 사이로 신신이 손으로 가슴을 긁어서 생긴 울긋불긋한 생채기가 보였다.

춘수는 사람들에게 신신이 얼마나 무서운 행동을 했는지는 말하지 않았다.

"신신이 풀밭에 누워서 자고 있었어요. 아이아이랑 같이요. 아무 일도 없었으니 모두 마음 놓으세요."

이때 신신이 춘수를 보며 말했다.

"아이아이가 누구예요?"

춘수가 말했다.

"말. 우리 차오포 마을에 사는 그 늙은 말의 이름이 아이아이란다."

"말 이름이 아이아이라고요? 그렇게 예쁜 이름은 사람한테도 붙여 주기 어려운데, 그게 정말 말 이름이에요?"

그곳에 있던 사람들은 모두 신신의 말이 틀렸다고 생각했다. 하지만 마음이 병든 신신이 제가 틀렸다는 얘기를 들으면 병이 더 깊어질까 봐 아무 말도 하지 않았다. 모두 신신을 걱정했던 것이다.

춘수는 신신을 데리고 '참나무 아래' 방으로 가서 깨끗한 옷으로 갈아입히고 세면장에 가서 얼굴을 씻겼다. 신신이 세수하는 동안 춘수는 신신에게 그 늙은 말 이야기를 들려주었다.

신신은 아이아이가 젊었을 때 주인의 생명은 물론 자기 새끼의 목숨을 구한 적이 있다는 사실을 알게 되었다. 춘수는 이렇게 엄청난 이야기를 아주 평범하고 당연한 듯 이야기했다. 마치 누군가가 아침을 먹고 산책을 나가거나 병에 걸렸을 때 약을 먹고 물을 마시는 것처럼……

그날 해가 지고 어스름해질 무렵 춘수와 신신은 치료 센터 문 앞에 있는 큰 나무 밑에 나란히 앉았다. 신신이 그 나무 아래서 만나자고 춘수와 약속한 것이다. 아동심리 치료 센터에 온 뒤 신신은 처음으로 춘수에게 잠깐 이야기를 나누자고 요청했다.

춘수는 감격스러운 얼굴로 신신을 따라 나무 아래로 갔다. 춘수는 신신이 늙은 말에 관해 물을 것이라고 예감했다. 과연 신신은 늙은 말에 대해서 춘수에게 물었다.

"늙은 말이 주인 구하는 장면을 직접 봤어요? 그 말이 자기 새끼 구하는 것도 봤어요?"

춘수가 대답했다.

"마을 사람들이 한 이야기를 들은 거야."

"다른 사람 이야기를 들은 거라고요? 내가 들은 것처럼이요?"

"맞아! 아름답고 감동적인 이야기는 이렇게 하나가 열에 전하고, 열이 백에 전하면서 해마다 사람들에게 전해지지. 차오포 마을에 사는 사람이라면 어른이나 아이 모두 그 이야기를 알고 있단다. 새로 태어난 아이가 이야기를 이해할 만큼 자라면 첫 번째로 듣는 이야기가 바로 아이아이가 자기 새끼를 구한 이야기지."

신신이 갑자기 울음을 터트렸다. 춘수는 깜짝 놀랐다.

"왜 그래? 신신! 무슨 일이니? 무슨 일인지 나한테 말해
봐. 혼자 마음에 품어 두지 말고."

신신은 울고 또 울었다. 한바탕 울고 나서 신신이 말했다.

"내가 그 말 뒷다리를 찼어요. 그러자 말이 뒷다리를 들어
올렸는데 나를 밟지 않았어요."

춘수가 흐느끼는 신신의 어깨를 감싸 안으며 말했다.

"그랬구나, 그랬구나. 그래서 울었구나."

두 사람은 노을이 지고 별들이 차오포 마을 하늘에 가득히
떠오를 때까지 나무 아래에 있었다. 신신은 어느새 춘수의
다리를 베고 잠이 들었다.

꿈을 꾸는지 신신이 계속 잠꼬대를 했다. 춘수는 신신이
무슨 말을 하는지 듣고 싶었지만, 정확하게 잘 들리지 않았
다. 춘수는 신신 얼굴 가운데에 난 상처를 손으로 가볍게 어
루만졌다. 신신은 꿈속에서 점차 안정을 찾았다. 춘수는 분
명 신신의 꿈이 얼굴 상처와 관련이 있으리라고 생각했다.

텔레비전 채널권을 빼앗다

차오포 마을 아동심리 치료 센터 활동실에는 텔레비전이 한 대 있다. 낮에도 그곳에서 텔레비전을 보는 아이들이 있지만, 밤이 되면 아이들이 더 많아진다.

그런데 종종 리모컨이 보이지 않을 때가 있다. 어떤 아이는 리모컨을 찾다 지치면 진상상을 향해 소리쳤다. 진상상이 물건을 잘 숨기는 데다 일단 숨겼다 하면 다른 사람들이 아무리 찾으려 해도 잘 못 찾기 때문이다. 진상상이 물건을 잘 숨기는 비결은 모두 돈을 숨기는 데에서 비롯됐다. 예를 들어 활동실 커튼에 리모컨을 숨길 때 진상상은 테이프를 붙여 리모컨이 떨어지지 않도록 했다. 커튼에 불이 붙어 모조리 타지 않는 한, 리모컨은 커튼에서 절대 떨어지지 않았다.

리모컨을 찾을 때는 리취안취안이 그곳에 있을 때뿐이었

다. 리모컨의 진정한 주인은 바로 리취안취안이었으니까. 리취안취안은 리모컨을 가졌을 뿐만 아니라 텔레비전 채널도 마음대로 선택할 수 있었다.

리취안취안은 나이에 맞지 않게 외국영화, 특히 외국 성인 영화를 좋아했다. 외국 성인영화 중에서도 총싸움하는 영화, 특히 조폭이 나와 총싸움하는 영화를 좋아했다.

다른 아이들은 불만이 있어도 리취안취안의 선택에 따라 어쩔 수 없이 인내심을 발휘하여 같이 그런 영화를 봐야만 했다. 화면에서 총소리만 나면 리취안취안은 마치 자기가 총에 맞아 피를 흘리는 것처럼 히스테릭하게 소리를 질렀다. 리취안취안은 흥분한 나머지 몸을 부들부들 떨고 숨을 거칠게 쉬며 리모컨을 텔레비전 화면으로 향하게 해 음량을 최대로 높였다. 그러면 다른 아이들은 시끄러워 귀를 막았다.

그때마다 허위샹은 벌떡 일어나 신발을 질질 끌며 "미쳤어!"하는 한 마디를 남기고 활동실을 나갔다. 허위샹이 말한 미친 사람이 과연 텔레비전에서 금방 죽어 버린 사람인지 아니면 흥분해서 고래고래 소리를 지르는 리취안취안인지는 도무지 분간이 가지 않았다.

콩나물은 다른 아이들이랑 같이 텔레비전을 보지 않았다.

콩나물은 여섯 시 반쯤 텔레비전을 보는데, 주로 보는 프로그램은 여자아이들이 좋아하는 《작은 눈사람》, 《소공녀》, 《어린 왕자》 등이었다. 콩나물이 커다란 의자에 몸을 움츠린 채 앉아 있으면 누가 있는지조차 보이지 않았다.

진상상은 돈을 많이 버는 내용의 영화만 봤다. 주인공이 큰돈을 벌어 해피엔딩으로 끝나는 영화 말이다. 그런 영화를 다 보고 나면 진상상은 자리에서 일어나 "나도 큰돈을 벌 수 있어."라고 말했다.

반면 진상상이 제일 싫어하는 영화는 바로 은행 강도 이야기다. 그러면서도 진상상은 왜 철옹성 같은 은행 문이 강도들에게 열려 다 털리는지 궁금하기도 했다. 이렇게 상반된 마음으로 불안에 떨면서 영화의 결말이 어떻게 되는지 기다렸다. 영화가 시작할 때부터 진상상은 긴장과 초조로 숨조차 제대로 쉬지 못한다. 진상상은 완전히 무장한 보안 요원이 강도에게 맞아 죽지는 않을까 걱정한다. 진상상이 가장 걱정하는 것은 비밀번호를 누르게 돼 있는 금고 방범 문이 아주 영리한 강도의 손에 열리는 것이다. 영화에서 은행 문이 열리면 영화를 보던 진상상은 의자에 축 늘어져 절망감에 숨조차 제대로 쉬지 못한다. 일단 몸이 기력을 되찾으면 '참나무 아래' 방으로 쏜살같이 달려가 방으로 뛰어들어 자기 돈 상자를 끌어안고 자신만의 굴을 만든 다음 그 속에서 손을 부들부들 떨며 돈을 세기 시작한다.

한번은 영화 세 편을 연달아 봤는데, 안타까운 사실은 그 세 편 모두가 강도가 은행을 터는 이야기였다! 결과적으로 영화 세 편 모두 강도가 은행털이에 성공했다. 진상상은 넋이 나간 모습으로 의자에 앉아 있었다. 머릿속에서는 안 좋은 생각이 꼬리에 꼬리를 물었다. 세 편 모두 강도의 이미지를 높이려고 강도가 투자해 만든 영화가 아닐까? 진상상은 앞으로 적어도 열흘간은 텔레비전을 보지 않기로 마음먹었다. 진상상은 영화 속 강도가 텔레비전을 뚫고 나와 호시탐탐 기회를 엿보다 자기 돈 상자를 훔쳐갈까 걱정이 되었다.

활동실에 사람이 한 명도 없을 때 진상상은 테이프로 리모컨을 의자 밑에 붙여 놓았다. 의자가 거꾸로 넘어지지 않는 한 아무도 리모컨을 찾지 못할 것이다.

그날 밤 활동실에 없던 진상상만 빼고 차오포 마을 아동심리 치료 센터에 있는 아이들은 모두 텔레비전 리모컨을 찾느라 떠들썩하게 한바탕 난리가 났다.

그때 런전이 불현듯 말했다.

"맞다, 고양이 한 마리가 리모컨처럼 생긴 물건을 물고 가는 걸 봤어. 이제 생각났다. 바로 고양이가 리모컨을 물고 갔어."

모두 런전을 바라봤다. 하지만 아무도 런전의 말을 믿지 않았다. 다들 런전이 거짓말을 한다고 생각했다. 오직 콩나물만 착한 목소리로 말했다.

"제발 그 고양이 좀 찾아 줘. 리모컨을 빨리 찾아야 해. 공주를 잃어버렸는데 어린 왕자가 아직 찾지 못했단 말이야."

이때 루창창이 의자 하나를 런전 앞으로 밀며 말했다.

"너 입으로 의자 물고 두 걸음 갈 수 있어?"

루창창이 무슨 소리를 하는지 다들 몰랐다. 런전이 뒷걸음치며 말했다.

"못 물어. 내가 개도 아닌데 어떻게 하냐?"

루창창이 말했다.

"고양이가 리모컨을 물고 가는 걸 봤다고 했잖아. 그럼 네가 의자를 입에 물고 갈 수 있어야 해. 만약 네가 의자를 물고 가지 못한다면 고양이도 리모컨을 물고 가지 못해. 이리와 봐. 네가 먼저 의자를 물고 걸어가서 네 말이 거짓말이 아님을 증명해 봐."

루창창의 말을 듣고서야 모두 그 말뜻을 이해하고 런전을 바라보며 웃음을 터뜨렸다.

루창창에 의해 거짓말이 들통 났지만, 런전은 얼굴 하나 빨개지지 않은 채 여전히 자신이 거짓말을 하지 않았음을 증명하려고 애썼다.

"고양이가 리모컨을 물고 갔는지는 정확하게 보지 못했지만, 그 고양이가 비슷한 것을 물고 가는 건 봤어."

그러나 아무도 런전의 거짓말을 들으려 하지 않고 그저 다시 리모컨을 찾기 시작했다. 그때 쑤이신이 한 사람을 생각해 냈다.

"진상상이 없어. 그 녀석이 또 리모컨을 숨긴 것 같아."

리취안취안은 그 말을 듣자마자 진상상을 찾으러 활동실을 박차고 나갔다. '참나무 아래' 방문 앞에 도착하기 전부터 리취안취안은 진상상을 향해 빨리 나타나라고 고함쳤다. 하지만 방에는 아무도 없었다. 진상상이 보이지 않자 리취안취안은 침대에서 돈 상자를 집어 들고 복도로 나와 소리쳤다.

"진상상, 너 지금 안 나타나면 네 돈 상자 깨부순다!"

2초가 채 지나기도 전에 진상상이 세면실에서 뛰쳐나왔다.

"부수지 마! 부수지 마! 나 여기 있어!"

리취안취안이 말했다.

"가서 리모컨 찾아 놔."

"내가 그런 게 아닌데……."

리취안취안이 소리를 질렀다.

"리모컨 안 찾아 놓으면 돈 상자 깨부순다!"

진상상은 리취안취안이 자기 돈 상자를 머리 위로 높이 쳐들자 리모컨을 의자 밑에 테이프로 붙여 놓았다고 솔직히 말했다.

리취안취안은 으르렁거리며 말했다.

"너 물건 숨기는 게 습관이 됐구나. 다른 사람 물건도 다 숨기게? 정말 숨기는 방법도 가지가지다. 한 번만 더 리모컨 숨기면 그때는 내가 너 가만 안 둔다."

그러고는 돈 상자를 진상상 가슴에 던졌다. 진상상은 돈 상자를 가슴에 품고 얼굴이 파랗게 질렸다.

"다시는 내 돈 상자에 손대지 마."

리취안취안이 싸늘하게 웃으며 말했다.

"그냥 너 자신을 외국 은행에 저축해라. 안전하게!"

활동실로 돌아온 리취안취안은 분위기가 착 가라앉은 것을 보았다. 텔레비전에서는 파란 연기가 나면서 코를 찌르는 강한 냄새가 가득했다.

"왜 그래?"

리취안취안이 물었다.

콩나물이 흐느끼는 목소리로 대답했다.

"리모컨이 없으니까 모두 아무렇게나 누르고 두들기다가 고장 냈어."

리취안취안이 텔레비전 앞으로 달려가 텔레비전을 주먹으로 두들겨 보더니 절망스러운 듯 외쳤다.

"텔레비전도 못 보고 오늘 밤 어떻게 해!"

런전이 얼른 말을 받았다.

"오늘 밤 인도 우주선이 우리 마을 하늘 위로 지나간대. 우리 잠자지 말고 풀밭에서 우주선 지나가는 거 볼까? 인도 우주선이 인도에만 있는 기념품을 던져 준대."

리취안취안은 분노의 대상을 바로 런전으로 바꿨다.

"누가 그런 소리를 하던? 네가 한 거짓말을 네가 들은 거 아니냐? 이랬다더라, 저랬다더라. 이제부터 너 한 마디도 하지 마! 입 다무는 게 좋을 거다. 한 마디만 더하면 인도 우주선이 떨어져 네 입을 박살 낼 테니까!"

허위샹이 말했다.

"우주선이 떨어지면 사람이 다 박살 나는데 입이야 당연히 없겠지."

서로 옥신각신하는 모습을 보며 마음이 다급해진 콩나물은 두 눈가가 빨개졌다.

"텔레비전이 고장 나서 아무것도 못 보는데 그런 쓸데없는 이야기는 해서 뭐 하니? 빨리 텔레비전 고칠 사람이나 좀 찾아봐!"

루창창이 콩나물을 위로했다.

"내가 사람을 찾아볼게. 마음을 좀 느긋하게 먹도록 해."

루창창은 이렇게 말하고는 텔레비전 고칠 사람을 찾으러 갔다.

활동실에서 텔레비전 고치는 사람이 오기를 기다리면서 모두 기분이 좋지 않았다. 그중에서도 가장 기분이 좋지 않은 사람은 바로 리취안취안이었다. 리취안취안은 마치 전깃줄이 끊어진 것처럼 시무룩한 얼굴로 이 사람을 봤다 저 사람을 봤다가 하며 눈빛이 계속 흔들렸다. 그러다 런전의 얼굴로 시선이 향했다. 얼굴에 뜨거운 시선이 꽂히자 런전은 뭔가 이상하다고 느끼면서 리취안취안을 피해 활동실에서 빠져나갔다.

텔레비전은 한밤중이 돼서야 고쳐졌다. 아이들은 모두 하품을 하면서 둥지로 돌아가는 새처럼 방으로 돌아가 잠들었다. 오직 허위샹만 방으로 돌아가지 않고 활동실에 남았다. 신발을 벗은 발은 앞 의자에 걸치고 머리는 의자 등에 기댄 채 허위샹은 눈을 반쯤 감고 반쯤은 뜬 상태로 리모컨을 배에 올려놓고 계속 채널을 돌렸다.

자기가 뭘 보고 있는지, 화면에 뭐가 나오는지도 모르면서 계속해서 채널을 바꾸던 허위샹은 결국 의자에서 죽은 듯이 잠들었다. 날이 밝자 창문 사이로 들어온 햇살에 잔뜩 때가 낀 발가락이 꿈틀거렸다.

콩나물, 후각을 되찾다

낮잠에서 깬 콩나물은 어디선가 향긋한 냄새가 풍겨 오는 것을 느꼈다. 어쩌면 이 향긋한 냄새 때문에 잠에서 깼을지도 모른다. 이런 느낌은 정말 오랜만이었다. 콩나물의 후각은, 제 기능을 잃은 뒤 한 줌의 재로 변해 땅에 묻힌 다음 비석을 세우고 글씨를 새겨 넣은 과거가 된 지 이미 오래였다. 콩나물은 마음속으로 벌써 이 세상의 맛있는 음식과 작별하는 의식을 치렀다.

그런데 그런데 그런데⋯⋯. 창밖에서 불어오는 이 향긋한 냄새는 뭐지? 콩나물은 침대에 멍하니 앉아 코를 문질렀다. 왜 한낮에 깨어났는지 코에게 묻고 싶었다.

콩나물은 '푸른 연못' 방에서 '참나무 아래' 방으로 가 루창창을 찾았다. 루창창 역시 낮잠을 자고 있었다.

루창창은 차오포 마을에서 규칙적으로 생활했다. 아침에는 달리기를 하고 오후에는 잠깐이더라도 꼭 낮잠을 잤다. 콩나물이 손으로 얼굴을 때려도 루창창은 깨어나지 않고 얼굴을 돌려 계속 잠을 잤다. 콩나물이 손으로 발바닥을 간질이자 루창창은 비로소 잠에서 깼다. 루창창은 콩나물의 흥분한 두 눈을 보고 이상하다는 생각이 들었다.

"왜? 무슨 일 있어?"

콩나물이 말했다.

"나 무슨 일 있게? 근데 어떻게 알았어?"

루창창이 일어나 콩나물의 눈, 코, 입을 보고 또 귀를 본 다음 다시 코끝으로 시선을 돌렸다.

"너 코가 빨개졌어."

콩나물은 깜짝 놀라며 얼른 손으로 코를 움켜쥐었다.

"내 코가 빨개?

"응, 코가 진짜 빨개."

콩나물은 마음속 기쁨과 근심을 모두 다 표현하지 못하고 그저 한마디만 했다.

"기분이 좀 이상해. 낮부터 코가 흥분한 것 같아."

"네 코가 흥분한 것 같다고?"

루창창도 조금 흥분하기 시작했다. 루창창은 콩나물의 코가 흥분한 것은 수년간 잠들어 있던 식욕과 밀접한 관계가 있다는 생각이 어렴풋이 들었다.

"향긋한 냄새가 나는 걸 느꼈어."

"코가 향긋한 냄새를 맡았다고?"

루창창은 콩나물의 코가 왜 빨개졌는지 알 것 같았다.

"향긋한 냄새였어. 아주 좋은 냄새. 그렇게 좋은 냄새는 맡아 본 적이 없어. 어떤 냄새인지 말하기 어려운데, 진짜 향긋한 냄새야. 너 자세히 한번 맡아 봐. 네 방에서도 그 냄새가 나거든."

루창창이 콧구멍을 벌름거리더니 콩나물에게 물었다.

"향긋한 냄새? 콩나물! 혹시 맛있는 고기 냄새 아니니?"

"말도 안 돼! 끓인 고기에서 어떻게 향긋한 냄새가 날 수 있어?"

"난다니까! 어떤 고기에서는 향긋한 냄새가 나더라. 내가 다시 한 번 맡아 볼게."

루창창은 창문 밖으로 고개를 쑥 내밀고 혼자 묻고 혼자 답했다.

"무슨 냄새지? 쇠고기 냄새? 아니야. 양고기 냄새? 아니지.

그럼 무슨 고기일까?”

콩나물이 루창창에게 목소리를 높여 말했다.

“고기 생각 좀 그만해. 다시 말하지만 내 코가 맡은 냄새는 향긋한 냄새라고! 고기랑 상관없다니까!”

루창창은 멋쩍게 웃으며 차오포 마을 동쪽을 가리키며 말했다.

“네가 말하는 향긋한 냄새가 저쪽에서 불어오는 거야?”

콩나물이 말했다.

“모르겠어.”

루창창이 이번에는 서쪽을 가리키며 말했다.

“향긋한 냄새가 이쪽에서 불어오는 거야?”

콩나물은 또 고개를 저었다.

“모르겠어.”

“어디서 나는 냄새인지 모른다고?”

“그러니까 어디서 냄새가 나는지 같이 찾아보자고 너를 찾아온 거잖아.”

루창창은 난처한 얼굴이었다.

“냄새를 찾는다고? 차오포 마을에는 식당이 몇 개 없잖아.”

그러자 콩나물이 짜증을 냈다.

"세상에 맛있는 냄새가 식당에서만 난다고 누가 그래? 너는 홍사오러우(돼지고기를 살짝 볶은 다음 간장을 넣어 다시 익힌 중국식 요리-옮긴이) 말고 다른 맛은 모르니?"

콩나물 말에 루창창은 할 말이 없어 그저 자기 자신을 탓했다.

"그러게. 이 세상에 식당 말고 맛있는 냄새가 나는 곳이 또 없겠어?"

콩나물이 걸음을 재촉했다.

"가자. 오늘 나랑 좋은 냄새가 어디서 나는지 찾아보자."

"좋아, 좋은 냄새 찾으러 같이 가자."

이때가 오후 한 시가 조금 넘은 시각이었다. 루창창이 콩나물에게 먼저 마을 동쪽으로 갈지 아니면 서쪽으로 갈지 물었다. 그러자 콩나물이 대답했다.

"서쪽으로 가자. 그럼 해가 질 때 차오포 마을의 노을을 볼 수 있잖아."

"뭐? 뭐라고? 노을을 볼 때까지 찾자고? 그럼 저녁은 어떡하라고? 난 저녁 먹어야 해!"

"한 끼든 두 끼든 안 먹으면 그만이지 뭘 그렇게 흥분하니? 그러다 너 눈 튀어나오겠다."

루창창은 밥 먹는 문제는 절대 양보할 수 없다.

"콩나물, 네가 찾으려는 좋은 냄새를 찾든 못 찾든……."

"향긋한 냄새라니까."

콩나물이 루창창의 말을 정정했다.

"좋아, 향긋한 냄새. 어쨌든 네가 향긋한 냄새가 어디서 나는지 찾든 못 찾든 난 저녁 시간이 되면 돌아와 밥을 먹을 거야."

"알았어. 밥 먹게 해 줄게."

콩나물은 루창창과 차오포 마을 서쪽으로 갔다. 두 아이는 깨끗한 거리에서 마을의 청소부인 차오포 할아버지를 만났다. 차오포는 나무수레에 누워 자고 있었다. 주변이 몹시 조용해서 그런지 나무수레 안에 있는 대바구니에 꽂힌 나무집게에 꽤 나이 들어 보이는 참새가 내려앉아 졸고 있었다. 차오포와 참새는 한참 동안 이야기를 나누다 지쳐서 잠이 든 것 같았다. 둘은 잠깐 눈을 붙이고 다시 일어나 이야기했다. 그 장면이 아주 아름다웠다.

도시 아이 콩나물과 루창창은 차오포와 참새를 놀라게 할까 봐 발걸음을 멈추고 한참 동안 그 모습을 지켜봤다. 사실 눈앞에 펼쳐진 아름다운 광경에서 참새가 사라질까 봐 걱정되었다.

참새는 두 아이의 발걸음 소리를 듣고 깃털을 세워 앞으로 날아가며 짹짹 울었다. 그 울음은 마치 차오포에게 "누가 왔어요."라고 알려 주는 것 같았다. 차오포가 정신을 차리고 앞에 있는 두 아이를 바라봤다.

콩나물이 하늘을 나는 참새를 가리키며 말했다.

"가 버렸어요."

루창창이 덧붙였다.

"우리를 보고 날아갔어요. 여기 나무집게에 잘 앉아 있었는데 날아가 버렸어요."

차오포는 콩나물이 손가락으로 가리키는 참새는 보지도 않고 고개를 들며 말했다.

"난 차오포 마을 하늘 위를 나는 참새를 모두 안단다."

"맞아요, 정말 그래 보였어요. 참새랑 아주 친해 보였어요."

루창창이 부러워하며 말했다.

차오포가 말을 이어받았다.

"땅에 있는 지렁이도 그렇단다."

콩나물과 루창창이 놀란 표정을 지었다. 아마 차오포의 말을 그대로 믿는 것 같았다.

차오포가 웃었다.

"장난이란다. 그런데 너희 어디 가니?"

루창창이 말했다.

"좋은 냄새 찾으러 가요."

차오포가 물었다.

"좋은 냄새? 어떤 좋은 냄새?"

"향긋한 냄새요."

콩나물이 말했다.

"우리 마을 어디든지 향긋한 냄새가 나니까 따로 찾을 필요가 없어. 어느 곳에서든 향긋한 냄새를 맡을 수 있단다."

차오포가 나무수레에서 일어나 허공에 손으로 반원을 그리며 자신만만하게 말했다.

"너희 둘, 앞으로 가 보렴."

차오포는 말을 마치고 다시 고개를 떨구고 꾸벅꾸벅 졸기 시작했다.

콩나물은 차오포 마을에는 사람뿐만 아니라 동물과 식물 이름까지 모두 기록돼 있다는 생각이 아주 강하게 들었다. 그 명단에는 차오포 하늘을 자유롭게 날아다니며 휴식하는 참새도 포함된다. 참새 한 마리가 머리 위에서 맴돌자 콩나물이 걸음을 멈췄다. 참새가 눈에 익었다. 그래서 콩나물은 루창창에게 참새를 가리키며 말했다.

"봐 봐."

루창창은 참새를 보자마자 방금 차오포와 이야기를 나눈, 나이 들어 보이던 그 참새라는 사실을 알아차렸다.

"아까 그 참새네."

"너도 구분할 수 있어?"

"그 참새 맞아."

루창창이 확신에 차서 말했다.

콩나물이 물었다.

"저 참새 지금 뭐 하는 거야? 우리랑 이렇게 가까이 있는데 왜 날아가지 않지?"

루창창이 대답했다.

"차오포 대신 우리에게 길을 알려 주는 것 아닐까?"

콩나물이 흥분해서 말했다.

"나도 그렇게 느꼈는데."

이날 오후 콩나물과 루창창은 차오포 마을 서쪽 끝까지 걷고 또 걸어 마침내 채소밭에 도착했다. 채소밭에는 가지와

고추, 오이, 토마토가 심겨 있었다. 그것을 본 콩나물은 얼어붙은 듯했다.

"바로 여기에서 나는 향긋한 냄새였어."

콩나물은 좋은 냄새가 어디서 나는지 찾아냈다.

"나 정말 먹고 싶어."

이 말은 콩나물이 아주 오랫동안 해 본 적이 없는 말이었다. 곁에 있던 루창창은 이 평범한 말 한마디를 듣고 감격에 겨워 몸을 부르르 떨었다.

콩나물이 오이 하나를 따서 입으로 가져갔다. 오이 껍질에 난 거뭇거뭇한 가시가 콩나물의 입술을 찔렀다. 즐겁게 오이를 먹던 콩나물의 입술에서 피가 번졌다. 콩나물은 개의치 않고 오이를 아삭아삭 씹어 먹었다.

루창창이 감탄하며 말했다.

"네 후각이 돌아왔구나. 정말 놀랍다!"

루창창이 뭐라고 하든 상관하지 않고 콩나물은 오이 먹는 데 온 정신을 집중했다.

"정말 맛있다!"

리취안취안의 아빠가 오다

    리취안취안의 아빠가 왔다. 리취안취안을 데려가려고 온 것이다. 그는 스바루 포레스터라는 차를 타고 왔다. '누얼'이라는 이름의 짧은 털이 있는 강아지가 함께 타고 왔다. 누얼은 카메라 줌 렌즈처럼 눈이 밖으로 튀어나왔다. 튀어나온 눈은 전체 눈의 3분의 2 정도였다. 얇은 눈꺼풀이 돌출형 눈동자를 감싸고 있었는데 당장에라도 바닥에 떨어질 것만 같았다.

    지금부터 보름 전 리취안취안은 자기 아빠 친구가 운전하는 차를 타고 차오포 마을 아동심리 치료 센터에 왔다. 본래 아빠가 직접 운전해서 리취안취안을 데리고 올 계획이었지만, 리취안취안이 아빠 차를 타지 않겠다고 완강히 버티는 바람에 어쩔 수 없었다. 리취안취안은 아빠가 말한 것은 뭐

든지 하지 않으려고 했다. 아빠가 가라는 곳이면 무조건 가지 않았다. 아빠는 할 수 없이 친구에게 리취안취안을 데려다 달라고 부탁했다. 아빠는 리취안취안이 이곳에서 마음의 병을 치료하여 아들과 자기와의 관계에 쌓였던 높은 벽이 허물어지길 바랐다.

리취안취안의 담당 간호사 칭화는 계속 리취안취안의 아빠와 전화로 연락했다. 리취안취안의 아빠는 아들이 차오포 마을에서 치료받는 동안 조금 나아지기는 했지만, 눈에 띄는 변화가 없다는 소식을 전해 들었다. 그래서 리취안취안을 더 좋고 더 크며 더 유명한 심리 치료 센터로 데려가기로 마음 먹었다.

나무 아래 누워 있던 허위샹은 스바루 포레스터가 심리 치료 센터 앞 풀밭에 서는 것을 보았다. 뚱보 거위를 닮은 리취안취안의 아빠가 차 문을 잠그고 치료 센터 대문으로 들어섰다. 그러자 허위샹은 리취안취안이 왜 그렇게 자기 아빠를 미워했는지 알 것 같았다. 리취안취안이 마을의 뚱보 거위와 뚱보 강아지만 보면 미친 듯이 쫓아가 괴롭히려고 했던 일이 생각나 저절로 웃음이 터져 나왔다.

허위샹은 차 곁으로 다가가 한 바퀴 둘러보았다. 그때 차

안에서 개가 멍멍 짖는 바람에 깜짝 놀랐다. 차창이 두꺼운 탓에 차 안에 있던 누얼이 얼마나 큰지 정확히 보이지 않았다. 짖는 소리만 들으면 큰 개는 아니었다. 허위샹은 얼굴을 유리에 바싹 붙이고 안을 들여다보았다. 누얼이 튀어나온 큰 눈으로 밖을 바라보자 두꺼운 유리 때문에 눈동자가 두 배는 더 커 보였다. 주변을 어슬렁거리며 차 안을 들여다보던 허위샹은 깜짝 놀라 뒤로 두 발짝 물러섰는데, 그러다가 구겨 신은 신발이 벗겨지고 말았다.

활동실에 있는데 누얼이 짖는 소리가 들리자 리취안취안은 설마 했다. 활동실 창문 밖으로 내다보니 아빠의 스바루 포레스터가 보였다.

잠시 뒤 칭화가 아빠를 데리고 대문을 지나 치료 센터 활동실로 걸어오는 모습이 보였다. 리취안취안은 뒤쪽을 한번 보더니 창문으로 뛰어나가 무조건 마을 밖으로 미친 듯이 달려갔다. 리취안취안은 그저 아빠와 아빠의 차에서 도망갈 생각뿐이었다. 아빠가 자기를 차오포 마을에서 데려가러 왔다는 생각이 들었기 때문이다. 아빠와 한집에 사는 것은 악몽과 다름없었다. 리취안취안은 종종 아빠가 자신을 동물처럼 구석에 묶어 놓고 진짜 동물인 누얼이 자기를 바라보는 악몽을 꾸었다. 그럴 때마다 소스라치게 놀라 잠에서 깨곤 했다. 꿈속에서 아빠는 자신이 아닌 누얼에게 말을 걸었다.

"저 녀석 오늘 어땠니? 말썽은 안 피웠어? 말은 잘 듣던?"

누얼은 아빠의 품속으로 뛰어들어 주인에게 귓속말을 했다. 누얼의 짖는 소리를 들은 아빠는 하루 종일 묶여 있던 아들 앞에 앉아 말했다.

"너 뒤에서 내 욕 했다며? 누얼이 다 말해 줬다!"

아빠는 이렇게 말하며 검은색 테이프를 한 줄 잘라 리취안취안의 입을 막았다. 그러면 리취안취안은 놀라 잠에서 깼다. 이 꿈은 낮이고 밤이고 계속 리취안취안을 따라다녔다.

차오포 마을에서 자유롭게 지내는 동안 리취안취안은 아주 오랫동안 시달려 오던 무서운 악몽에서 조금씩 벗어났다.

리취안취안은 자신이 쫓던 뚱보 거위가 길에서 한가로이 거니는 모습을 보고 갑자기 걸음을 멈췄다. 아빠 차를 보고 난 뒤로 뚱보 거위가 더는 밉지 않았다.

도망가던 리취안취안은 한 가지 사실을 깨달았다. 자신이 차오포 마을에 온 뒤 왜 그렇게 뚱보 거위, 뚱보 강아지, 루 창창을 미워했는지 그 이유를 깨달은 것이다. 그들을 보면 자신도 모르게 살이 뒤룩뒤룩 찐 아빠가 떠올랐던 것이다.

리취안취안은 더 이상 도망가지 않았다. 몸을 돌려 과일 가게로 가서 커다란 바나나 세 개를 샀다. 그중 하나는 껍질을 까서 먹고 나머지 두 개는 손에 들고 조용히 돌아왔다.

아빠의 스바루 포레스터는 여전히 치료 센터 문 앞에 있었다. 주위에 아무도 없는 걸 확인하자 지나가면서 바나나 한 개를 자동차 배기관 속으로 밀어 넣었다. 리취안취안은 잠시 생각에 잠기더니 두 번째 바나나도 밀어 넣었다. 본래 바나나는 먹으려고 샀다. 그런데 갑자기 배기관에 집어넣으면 기분이 훨씬 좋아질 것 같다는 생각이 들었다. 바나나를 다 집어넣자 리취안취안은 다시 달리기 시작했다. 밤까지 숨어 있다가 다시 돌아오기로 했다.

그러나 한 시간 정도 숨어 있자 일이 어떻게 됐는지 궁금하기 시작했다. 리취안취안이 다시 치료 센터로 돌아왔을 때는 아빠 차가 보이지 않았다.

담당 간호사인 칭화가 문 앞에서 기다렸다. 칭화는 리취안취안이 아빠와 차오포 마을을 떠날 생각이 없다는 걸 알았다. 그래서 리취안취안이 여기서 좀 더 지내는 것이 심리 치료에 도움이 된다고 아빠를 설득했다. 아들을 찾을 수 없던 리취안취안의 아빠는 할 수 없이 차를 타고 떠났다. 하지만

100미터도 못 가 시동이 꺼졌다. 차오포 마을은 시골이라 자동차 수리 센터가 없었으므로 원인이 뭔지 바로 알 수가 없었다. 그래서 어쩔 수 없이 경운기를 불러 스바루 포레스터를 끌고 가게 했다. 차 안에 있던 누얼은 무슨 일이 일어났는지조차 모른 채 위아래로 뛰며 멍멍 짖었다. 마음이 심란한 리취안취안의 아빠가 호통쳤다.

"입 다물어!"

"내가 너희 아빠랑 얘기해서 얼마 동안 더 머무를 수 있게 했어."

칭화가 말했다.

리취안취안은 안도의 숨을 내쉬었다.

이때 큰 나무 뒤에서 모습을 드러낸 허위상이 리취안취안 앞으로 다가와 물었다.

"너 배기관에 바나나 집어넣는 건 어디서 배운 거냐?"

리취안취안은 자기가 바나나를 집어넣는 것을 허위상이 모두 봤다는 사실을 알았지만, 피하지 않고 말했다.

"외국영화에서 봤어."

칭화가 쓴웃음을 지었다.

"좀 좋은 것을 배우지."

리취안취안이 말했다.

"이게 바로 부자를 죽이고 가난한 사람을 살리는 의적 같은 일이고 정의로운 행동이에요. 그러니 좋은 일이 아니고 뭐겠어요?"

허위샹은 리취안취안의 말을 바로 이해하지 못했다.

"부자를 죽이고 가난한 사람을 살린다고? 네가 누굴 죽였는데? 또 누구를 살리고?"

칭화도 아이 같은 표정으로 물었다.

"그래! 너 누구를 죽이고 누구를 살린 건데?"

리취안취안은 갑자기 얼굴이 빨개지며 말했다.

"생각해 봐요. 내가 먼저 우리 아빠 차를 고장 냈어요. 아빠가 마을의 경운기를 불러다가 자기 차를 끌고 가게 하고 분명 돈을 냈을 거예요. 경운기 주인은 돈을 벌었을 거고요. 그럼 내가 우리 아빠를 죽이고 차오포 마을을 살린 거 아니에요?"

칭화는 계속 쓴웃음을 지었다.

"리취안취안! 넌 어쩜 자기 아빠를 악당 우두머리쯤으로 취급하니?"

리취안취안은 바로 말을 이었다.

"맞아요! 우두머리 중 최고 우두머리예요."

허위샹이 더 과장해서 말했다.

"세상에서 가장 나쁜 사람이지."

"가장 나빠!"

리취안취안이 또 말했다.

칭화는 안타까운 듯 말했다.

"리취안취안, 아빠가 떠나시면서 나랑 했던 이야기를 좀 들어 볼 생각 없니?"

리취안취안은 고개를 설레설레 저으며 말했다.

"싫어요! 듣기 싫어요!"

"너 정말 듣기 싫어? 아빠는 보기도 싫고 아빠가 한 말조차 듣기 싫다고? 게다가 넌 아빠가 무슨 말을 했는지도 모르잖아."

칭화가 말했다.

리취안취안은 칼날처럼 눈을 모로 뜨고 차가운 눈빛으로 칭화를 쏘아보았다.

"아빠가 무슨 말을 했는데요?"

칭화가 말했다.

"'우리 애가 왜 나를 피할까요. 난 그냥 얼굴만 보고 싶었는데.' 이렇게 여러 번이나 말씀하셨단다. 네 아빠는 그냥 네가 보고 싶었던 거야. 여기서 잘 지내는지 궁금하셨고……."

리취안취안은 순간 멈칫했다.

"아빠가 날 보고 싶어 한다고요? 난…… 아빠를…… 보고 싶지 않아요. 아빠가 그런 말을 했다고요? 믿을 수 없어요!"

리취안취안이 이렇게 말했지만, 칭화와 곁에서 난리를 구경하던 허위샹은 리취안취안의 태도가 바뀌었음을 느꼈다. 갑자기 칼에 불이 들어와 단단하고 차갑던 칼날이 부드러워진 것처럼 말이다.

칭화가 말했다.

"아빠가 정말 이렇게 말씀하셨어. 작은 소리로 나랑 얘기하실 때 너희 집 강아지 누얼이 아빠를 향해 왈왈 짖었지. 아빠는 기분이 좋지 않아 누얼을 한 대 때렸어. 누얼이 억울한지 아빠 손가락을 물어 아빠 손가락에서 피가 났단다."

리취안취안이 아무 생각 없이 말을 내뱉었다.

"아빠…… 광견병 주사는 맞았나?"

칭화가 말했다.

"봐 봐, 너도 아빠를 걱정하잖아. 광견병 주사를 맞았는지 궁금해하면서……."

리취안취안이 말했다.

"예전에 나랑 놀던 친구 두 명이 개한테 물렸는데 다 광견병 주사를 맞았어요."

칭화가 일부러 물어봤다.

"광견병 주사를 안 맞으면 어떻게 되는데?"

리취안취안은 칭화가 진짜로 모르는 줄 알고 잔뜩 흥분해서 말했다.

"개한테 물리고 광견병 주사를 안 맞으면 개처럼 아무나 물게 돼요."

칭화가 웃으며 말했다.

"봐 봐, 너 진짜 아빠를 걱정하잖아."

"걱정하는 거 아니에요."

리취안취안은 이렇게 말하고 다른 곳으로 갔다.

허위샹이 칭화에게 말했다.

"리취안취안은 진짜로 자기 아빠를 미워하네요."

"자기 아빠를 미워하지. 근데 내 생각에는 미워하기는 하는데, 그렇게 심하게 미워하는 것 같지는 않아."

칭화는 멀어져 가는 리취안취안의 뒷모습을 보며 말했다. 그러고 나서 고개를 돌려 허위샹을 보며 말했다.

"너도 그런 것 같지?"

허위샹은 입을 삐죽이며 말했다.

"난 모르겠어요."

칭화가 말했다.

"난 그런 것 같던데? 확실히 보이잖아."

허위샹은 입을 계속 삐죽였다.

"미워하는지 안 미워하는지 보이는 게 그렇게 중요해요?"

칭화가 말했다.

"당연히 중요하지."

거위도 '나쁜 사람'을 알아본다

리취안취안은 차오포 마을에 있는 '소문난 식당' 앞에서 전에 쫓아다니던 하얀 뚱보 거위를 보았다. 뚱보 거위는 한낮의 햇살을 즐기며 졸고 있었다. 그 머리 위로 초록색 날벌레가 윙윙거리며 날아다녔는데, 꼭 자기들만의 게임을 즐기는 듯했다.

리취안취안은 오륙 미터 밖에서 거위를 바라봤다. 거위는 눈을 반쯤 감고 한가로이 누워 누가 지나가도 개의치 않았다. 그러다가 갑자기 눈을 뜨고 리취안취안을 봤다.

놀랍게도 거위는 리취안취안을 알아보았다. 거위는 기다란 목을 쭉 빼고 작은 머리에서 부드럽게 이어진 목으로 커다란 물음표를 자연스럽게 만들었다.

리취안취안은 거위 눈 속에 담긴 두려움을 보자 자기도 내심 불안해졌다. 지금 거위를 계속 보고 있을지 아니면 자신을 초조하게 하는 거위의 눈길을 피해 다른 곳으로 가야 할지 결정을 쉽게 내리지 못했다.

그때 거위가 일어나더니 먼저 자리를 떴다. 거위의 평온한 시간을 리취안취안이 방해한 것이 분명했다.

차오포는 본디 이렇게 평화로운 마을이었다. 그러나 리취안취안이 이곳에 온 뒤로 거위마저 안절부절못하고 불안에 떨게 된 것이다.

리취안취안은 누군가에게 버림받은 것처럼 움직이지 않고 가만히 서 있었다. 리취안취안은 처음으로 이상한 감정을 느꼈다. 바로 거위에게 버림받은 슬픔이었다.

생각이 깊은 뚱보 거위는, 방금 식당에서 밥을 먹고 나와 이쑤시개로 이를 쑤시는 손님 발밑에서 손님 신발에 묻은 먼지라도 털어 주듯 부리로 신발을 가만가만 쪼았다. 리취안취안은 그 모습을 지켜보았다.

리취안취안은 충격을 받은 듯 몸을 돌려 달리기 시작했다. 몸에 있는 가시를 모두 털어 내려는 것처럼 아무 데나 미친 듯이 뛰어다녔다.

리취안취안이 미친 듯이 뛰어다니는 모습을 보고 마을 사람 하나가 말했다.

"음, 내가 아는 아이로구면. 만날 뚱보 거위나 뚱보 강아지를 쫓아다니던 녀석이잖아. 아무것도 안 보이니 이젠 혼자서 미친 듯이 뛰어다니네. 도대체 무슨 병일까? 치료 센터에서 저 병을 고칠 수 있을까나 몰라."

다른 사람이 고개를 저으며 말했다.

"어렵지. 어렵고말고. 여기 온 아이들은 모두 마음의 병이 있어. 걔들이 앉아 있거나 서 있으면 멀쩡해 보이지만, 모두 마음의 병을 갖고 있지. 마음의 병은 고치기 어려울 거야."

리취안취안은 사람들이 말하는 소리를 듣고 달리는 것을 멈추고 그들을 바라봤다. 이야기를 나누던 두 사람은 미친 듯이 뛰어다니던 남자아이가 우뚝 멈춰서 자신들을 뚫어지게 쳐다보는 걸 보고는 고개를 끄덕이며 웃어 주었다. 그러자 리취안취안도 그들에게 고개를 끄덕였다. 그리고 느린 걸음으로 떠나갔다.

두 사람은 서로 바라보며 말했다.

"저 아이가 우리에게 고개 끄덕이는 것 봤는가?"

"봤지. 정말 우리에게 고개를 끄덕였어."

"저 아이 아무 병도 없는 것 아니야? 보기에 정상인데? 우리가 고개를 끄덕이니 그 아이도 끄덕이지 않았는가?"

리취안취안은 치료 센터로 돌아가 칭화에게 뜻밖의 질문을 던졌다.

"거위가 제일 좋아하는 음식이 뭐예요?"

리취안취안의 질문에 수면에 돌을 던져 파문이 이는 것처럼 칭화는 마음이 떨렸다.

"거위가 좋아하는 음식이 뭐냐고? 그건 왜 묻지?"

리취안취안은 칭화가 무슨 생각을 하는지는 관심이 없고 그저 거위가 좋아하는 음식이 무엇인지 알고 싶었다.

"거위가 무슨 음식을 제일 좋아하냐고요?"

칭화가 대답했다.

"조뱅이라는 풀을 좋아해."

"조뱅이요? 그게 뭔데요?"

"야생에서 자라는 풀인데 겉에 가시가 있어. 잎은 두툼하고 약간 쓴맛이 나지만, 아주 맛있단다. 그래서 거위는 조뱅이를 좋아해."

"그럼 조뱅이 찾는 법을 알려 주실 수 있나요?"

"물론이지."

"지금 돼요?"

"그럼!"

그날 칭화는 리취안취안을 데리고 차오포 마을을 벗어나 들판으로 갔다. 칭화는 도시에서 자란 리취안취안에게 들판의 수많은 풀 중에서 조뱅이 찾는 법을 알려 주었다. 리취안취안은 고개를 들어 저 멀리 차오포 마을을 바라봤다. 아름다운 나무 블록을 쌓은 다음 가장자리에 하늘 끝까지 이어지는 푸른 초원을 둔 것처럼 차오포 마을은 아주 작고 고요했다. 마을 옆으로는 강물이 흐르고 하늘에는 흰 구름이 둥실 떠다녔다.

리취안취안은 조뱅이를 한 움큼 쥐고 멍하니 서 있었다. 이 장면을 분명 책에서 봤는데, 여러 번 봤는데, 하는 생각이 들었다. 그는 멀리 있는 차오포 마을을 감상하며 야생초의 쓴맛을 느껴 보려고 조뱅이를 씹었다. 그런데 하나도 쓰지 않고 야생초의 향긋함이 느껴졌다. 전에는 경험하지 못했던 향긋한 맛이었다.

그날 오후 리취안취안은 조뱅이를 들고서 뚱보 거위를 찾아갔다. 먼저 아까 우연히 거위를 만났던 그 식당 앞으로 갔다. 그때 미움을 담은 거위의 눈빛이 생각났다. 매서운 눈빛이 리취안취안의 마음을 후벼 놓는 듯했다.

식당 앞에는 한가로이 노니는 뚱보 거위가 보이지 않았다. 리취안취안은 가슴에 조뱅이를 품고 누군가를 기다리는 것처럼 이리저리 두리번거리며 거위를 기다렸다. 기다려도 거위가 나타나지 않자 다시 마을 이곳저곳으로 찾으러 다녔다. 작은 마당에서 뚱보 거위 소리가 들렸다. 바로 그 뚱보 거위가 여주인과 함께 있었다.

리취안취안이 마당 문에 모습을 드러내자 뚱보 거위와 여주인 모두 고개를 들고 리취안취안을 바라봤다. 둘 다 리취안취안을 알아봤다.

여주인은 경계와 의심의 눈초리로 리취안취안을 쏘아보았다. 뚱보 거위는 목을 길게 뺐는데, 눈에는 불안한 기색이 역력했다. 리취안취안은 말없이 마당 문을 젖히고 조뱅이를 문 앞에 놓은 다음 도로 나왔다.

리취안취안은 멀리서도 뚱보 거위가 꽥꽥거리는 소리를 들을 수 있었다. 거위와 여주인 둘이서 리취안취안이 왜 갑자기 찾아왔는지 이상하다고 이야기하는 것인지도 모르고, 아니면 들판에서 꺾어 온 조뱅이를 반기는 것인지도 모를 일이다.

다음 날 리취안취안은 또 마을 바깥 들판으로 가서 조뱅이를 한 움큼 따 왔다. 이번에는 뚱보 거위 집 마당에 바로 가져다주었다. 뚱보 거위만 마당에 있고 여주인은 없었다. 뚱보 거위는 리취안취안을 한 번 보고 또 바닥에 있는 부드럽고 신선한 조뱅이를 한 번 봤다. 거위는 지금의 리취안취안과 과거의 리취안취안을 자세히 비교해 보았다. 그리고 목을 길게 빼고 하늘을 향해 소리를 냈다.

리취안취안은 거위가 자기의 친절을 알아채지 못하고 목을 쭉 뺀 채 심오한 하늘에 묻는다는 생각이 들었다.

"하늘에 물어보면 하늘이 뭐 아니?"

리취안취안은 투덜거리며 땅에 있는 조뱅이를 가리키며 거위에게 말했다.

"먹어. 너 먹으라고 따 온 거야. 네가 조뱅이 좋아하는 거 알아. 조뱅이를 많이 먹어 이렇게 살찐 거잖아."

뚱보 거위가 긴 목을 돌리며 물음표를 그렸다. 리취안취안은 아직도 거위가 자기를 믿지 못한다는 걸 알아차렸다. 거위는 여전히 불안한 눈빛으로 리취안취안을 바라봤다.

리취안취안은 거위에게 손을 흔들며 말했다.

"내일 보자."

리취안취안이 걸음을 옮기자 뚱보 거위는 그제서야 걸음

을 옮겼다. 거위는 리취안취안의 행동에 계속 경계를 늦추지 않았다. 거위는 리취안취안 같은 사람은 나쁜 일을 꾸미거나 남을 해코지한다고 생각했다.

뚱보 거위를 떠나는 리취안취안의 얼굴에 실망감이 가득했다. 사람이 거위에게 다가가고 거위가 그걸 받아들이는 일은 쉽지 않다는 생각이 들었다. 그러나 계속 다가가기로 했다. 거위에게 신뢰받는 친구가 되고 싶은 게 아니라 그저 거위에게 자신이 '나쁜 사람'이 아니기를 바랄 뿐이었다. 리취안취안은 그 바람이 이뤄지기란 쉽지 않음을 느꼈다.

리취안취안은 조뱅이를 따라 차오포 마을 밖 들판으로 갔다. 세 번째였다. 이전에 갔던 곳은 조뱅이가 별로 없고 잎도 얇았다. 앞으로 더 걸어가니 연하고 좋아 보이는 조뱅이 더미가 보였다. 리취안취안은 2분 만에 조뱅이를 한가득 땄다. 그런데 조뱅이를 안고 돌아가다가 운 나쁘게도 진창에 빠졌다. 분명히 풀밭을 밟는다고 생각했는데 진창에 빠진 것이다. 물과 진흙과 풀들이 옷 속으로 들어왔다. 리취안취안은 조뱅이를 머리 위로 높이 들고 몸부림치며 진창을 빠져 나온 다음 땅에 벌러덩 누웠다. 리취안취안은 조금 전 상황이 조금도 무섭지 않았다. 오히려 진창을 보며 "멋진 함정이야."라고 말했다. 리취안취안이 진흙투성이가 되어 마을 거리에 나타나자 호기심 어린 많은 시선이 그의 몸에 화살처럼 꽂혔다. 뚱보 거위네 집으로 걸음을 바삐 옮기는 사이 몸에 붙은 진흙이 굳어서 딱딱한 갑옷이 되었다.

뚱보 거위는 산책하러 나가 마당에 없었다. 리취안취안은 집 앞 돌 위에 앉아 거위를 기다렸다. 그제야 다리가 풀리면서 피곤이 몰려왔다. 조금 전 진흙 구덩이를 빠져나올 때 힘을 너무 많이 쓴 탓이다. 리취안취안은 조뱅이를 안은 채 뚱보 거위네 문 앞에서 잠이 들었다.

얼마 뒤 잠에서 깬 리취안취안의 눈에는 가까운 곳에서 자신을 지켜보는 거위가 가장 먼저 보였다. 리취안취안은 거위를 바라보고 거위는 리취안취안을 바라봤다. 그 순간 리취안취안은 자신이 마치 만화영화 속으로 들어가는 것 같았다. 나무 한 그루, 작은 벌레 한 마리, 절대 친해질 수 없을 것 같던 동물과 매우 감동적인 이야기를 만들어 갈 것이라는, 아니 이미 만들고 있다는 생각이 들었다.

리취안취안이 뚫어지게 보는데도 뚱보 거위는 눈앞의 '나쁜 사람'을 두려워하지 않는다는 뜻으로 목을 길게 빼더니 평평한 부리로 리취안취안의 손에 든 조뱅이 잎을 쪼아 먹었다. 리취안취안이 깜짝 놀랐지만 뚱보 거위는 계속 잎을 쪼았다. 뚱보 거위는 자신이 리취안취안을 받아들였음을 행동으로 보여 주었다.

갑자기 억울하다는 생각이 들어 리취안취안은 마음이 아팠다. 착한 일을 하고도 선생님이나 아빠에게 야단맞은 것처럼 눈가에 눈물이 번졌다.

"내가 나쁜 사람이니?"

리취안취안은 뚱보 거위의 눈을 바라보며 여태껏 기회가 없어 하지 못했던 말을 내뱉었다. 정말 묻고 싶던 말이었다.

뚱보 거위는 리취안취안의 말에 전혀 신경 쓰지 않고 그저 목을 빼고 평평한 부리로 리취안취안의 손에 든 조뱅이 잎을 날렵하게 쪼았다. 뚱보 거위의 눈을 자세히 들여다보니 눈빛이 예전과는 완전히 달랐다. 거위의 눈은 마치 바람 한 점 없이 고요한 물가처럼 리취안취안의 피곤한 얼굴을 따뜻하게 담고 있었다.

꾀죄죄한 몰골의 리취안취안은 그 순간 뚱보 거위 눈 속에 담긴 깊은 물속에 풍덩 빠졌다. 리취안취안은 감동의 물속에 깊이 잠겼다. 그 속에서 나오고 싶지 않았다.

뚱보 거위

물기 마른 진흙이 껍질처럼 딱딱하게 굳어서 몸을 꽁꽁 싸고 있었다. 꼭 진흙 통에 들어간 것 같았다. 리취안취안은 우선 씻고 잠을 자고 싶었다. 리취안취안은 몸을 일으켜 뚱보 거위에게 손을 흔들어 인사하고는 거위네 집을 떠났다.

심리 치료 센터 문 앞까지 종종걸음으로 왔을 때 리취안취안은 누군가 자기를 따라오는 느낌을 받았다. 아무 생각 없이 뒤를 휙 돌아보니 뚱보 거위가 따라오고 있었다. 리취안취안이 멈추어 서자 뚱보 거위도 멈추어 섰다. 거위는 친근한 눈빛으로 리취안취안을 바라봤다.

리취안취안은 감동의 물결이 몸 밖으로 터져 나오는 것을 느꼈다. 지쳐서 이미 풀려 버린 다리가 후들거리기 시작했다. 리취안취안이 거위에게 말했다.

"나 샤워하고 좀 잘 거야."

이렇게 말하며 더러워서 봐 줄 수 없는 자기 옷을 손으로 가리켰다. 뚱보 거위는 리취안취안의 말을 이해한 것처럼 몸을 돌려 자리를 떴다. 뚱보 거위는 몇십 걸음 가다가 고개를 돌렸다. 그러고는 리취안취안이 서서 자신을 지켜보는 것을 보자 더 움직이지 않았다.

리취안취안의 심장이 미친 듯이 쿵쾅거렸다. 얼른 치료 센터 문을 열고 들어가 복도 창문 뒤로 몸을 숨기고는 조심스럽게 밖을 내다봤다. 그러자 뚱보 거위는 텅 빈 문을 1분 정도 바라보더니 다시 걸음을 옮겼다.

리취안취안은 갑옷처럼 딱딱하게 굳은 옷을 샤워장 바닥에 던지고 물을 뿌렸다. 그러자 옷이 흐물흐물해지더니 움츠러들었다. 리취안취안이 샤워기 아래 서자 물이 머리끝에서 바닥으로 떨어져 발밑에 던져 놓은 옷더미를 지나 배수구로 흘러갔다. 리취안취안은 고개를 빳빳이 들고 움직이지 않았다. 자신이 울고 있다는 걸 알았다.

리취안취안은 태어나 처음으로 거위 한 마리 때문에 울었다. 울음이 갈수록 심해져 통제할 수 없을 만큼 거세졌다. 리취안취안은 한 번 울었으면 됐다고 생각했다. 발로 바닥에 깔린 더러운 옷을 밟으며 물을 가장 세게 틀었다. 입을 크게 벌리자 물이 바로 입안으로 들어와 목구멍까지 닿아 가슴에서 솟구쳐 오르는 슬픔과 기쁨을 씻어 갔다.

실컷 우는 동안에도 바닥의 옷을 밟은 덕분에 옷들이 깨끗해졌다. 리취안취안은 옷을 안고 샤워장을 나가다 루창창을 만났다. 루창창은 막 샤워를 마치고 옷을 입으며 호기심 어린 눈길로 리취안취안을 바라보았다. 리취안취안은 몸을 돌려 벽에 붙은 거울을 보았다. 울어서 퉁퉁 부은 눈이 거울 속에 있었다. 리취안취안은 눈과 얼굴을 문질러 부은 눈을 감췄다. 옷을 갈아입고, 밟아서 깨끗하게 빤 옷을 안고 샤워장 밖으로 나섰다. 샤워장 밖에는 칭화가 서 있었다. 칭화 역시 왜 그럴까, 고민하는 눈빛으로 리취안취안의 얼굴과 손에 든 젖은 옷을 바라봤다.

"왜 옷을 직접 빨 생각을 했어? 침대 앞 바구니에 넣으면 내가 세탁실에 가져다줄 텐데?"

칭화가 물었다.

"직접 빨고 싶었어요."

리취안취안이 말했다.

칭화가 리취안취안을 잡고 말했다.

"나한테 줘. 널어 줄게."

"제가 직접 할게요."

리취안취안은 이렇게 말하며 뒤뜰로 가 빨랫줄에 옷을 널었다. 리취안취안이 이렇게 간단한 일을 하는 동안 칭화는 멀리서 계속 지켜봤다. 리취안취안은 옷을 다 널고 잠깐 보더니 쪼글쪼글해진 부분을 손으로 편 뒤에야 자리를 떴다.

리취안취안은 '푸른 폭포' 방으로 돌아와 침대에 누워 눈을 감았다. 허위샹과 런전이 리취안취안을 몰래 관찰했다. 보통 때 같으면 왁자지껄 시끄럽던 아이가 느닷없이 숨소리조차 내지 않으니 정말 이상했다. 허위샹과 런전은 감히 목소리는 내지 못하고 서로 눈빛만 주고받을 뿐이었다. 두 아이는 리취안취안의 침묵이 잠깐 일부러 그래 보는 것이고 10분만 지나면 바로 본래 모습으로 돌아오리라 생각했다.

그러나 다음 날 아침 허위샹과 런전이 잠을 깬 뒤 이를 닦고 세수까지 하고 방으로 돌아왔지만, 리취안취안은 여전히 잠들어 있었다.

허위샹은 벽시계를 보고 런전에게 말했다.

"식당 열었다. 밥 먹으러 가자."

런전이 자는 리취안취안을 가리켰다.

허위샹이 작은 목소리로 물었다.

"네가 깨울래?"

런전은 황급히 고개를 저었다. 깨울 자신이 없다는 뜻이었다. 그러자 허위샹이 다가가 리취안취안을 깨우려 했다. 그때 런전이 재빨리 허위샹을 잡아당기더니 고개를 저으며 괜히 깨워서 욕먹지 말라고 했다.

허위샹과 런전은 밥을 먹던 중에 부은 눈으로 식당에 들어오는 리취안취안을 봤다. 리취안취안은 빵 두 조각을 받더니 그걸 먹으면서 식당을 종종걸음으로 빠져나갔다. 리취안취안이 지금 무슨 생각을 하는지, 무슨 일을 하는지 아는 사람이 없었다. 요리사 한만은 기름이 잔뜩 묻은 커다란 손을 닦으며 허위샹과 런전에게 다가가 물었다.

"리취안취안, 무슨 일 있니? 너희 알아?"

허위샹은 모른다고 대답했고 런전도 모른다고 말했다. 한만은 두 아이를 탓하며 말했다.

"'푸른 폭포' 방에서 날마다 같이 지내면서 리취안취안에게 무슨 일이 있는지 모른다고?"

"몰라요."

허위샹이 말했다.

한만은 런전에게 눈빛으로 물었다.

"저도 진짜 몰라요."

런전이 말했다.

한만은 자기 자신에게 불만이 있는지 아니면 허위샹과 런전의 대답이 만족스럽지 않은지 한숨을 쉬었다. 고개를 든 한만은 식당에 있는 아이들에게 말했다.

"얘들아! 많이 먹어라. 너희가 많이 먹을수록 내가 신이 나니까!"

한만은 주방으로 들어가 디저트 빵 두 개를 종이 봉지에 싼 다음 아이들에게 물었다.

"방금 리취안취안이 바쁘게 먹을 것을 들고 나갔는데 좀 있으면 배고플 게다. 누가 이것 좀 가져다줄래?"

대답 소리가 전혀 들리지 않았다. 아무도 리취안취안에게 빵을 가져다주고 싶지 않았고, 또 가져다줄 용기도 나지 않았다.

아무도 하려 하지 않자 한만은 허위샹의 이름을 큰 소리로 불렀다.

"허위샹, 네가 리취안취안과 같은 방에서 사니까 귀찮아도 네가 갖다 줘라!"

허위샹은 마지못한 표정으로 일어나 빵 봉지를 받았다.

"알았어요."

"꼭 갖다 줘야 한다! 나 한만은 사람들이 내가 해 준 밥을 먹고 배고팠다느니, 맛이 없었다느니, 억지로 먹었다느니 하는 소리를 듣고 싶지 않다. 누구든 차오포 마을 아동심리 치료 센터를 떠나면 나 한만이 해 준 요리가 그리울 게다."

한만이 말했다.

콩나물은 체중계에 올라가 숫자를 보며 한만에게 말했다.

"저 0.5킬로그램 쪘어요."

한만이 웃으며 말했다.

"살쪘다니 그거 반가운 소식이다. 넌 앞으로 5킬로그램은 더 쪄야 딱 보기 좋을 거야."

콩나물이 놀라는 표정을 지었다.

"5킬로그램이요? 그 살이 제 몸 어디에 붙어요?"

콩나물은 고개를 숙이고 손으로 다리, 배, 어깨를 두드리며 말했다.

"여기 1킬로그램, 여기 1킬로그램, 여기 1킬로그램. 남은 살은 다 어디에 붙어야 하지?"

한만이 말했다.

"붙을 곳이 없으면 모두 얼굴에 붙으면 되지."

그러고는 손으로 커다랗고 둥근 얼굴 모양을 만들었다. 한만이 허공에 만든 얼굴은 주방의 가장 큰 솥보다 조금 작았다. 그러자 식당에 있던 아이들이 모두 웃음을 터뜨렸다.

차오포 마을 들판에서 리취안취안은 또 조뱅이를 따고 있었다. 신선하고 부드러운 조뱅이에서 나온 풀 즙이 손에 가득 묻었다.

조뱅이를 막 따면 하얀색 즙이 흘러나오지만, 햇빛을 받으면 자홍색으로 바뀐다. 마치 오랫동안 해님을 기다려 온 것처럼 햇살을 받으면 기다림의 분노는 찬란한 색으로 바뀐다.

차오포 마을로 돌아왔을 때 리취안취안은 뚱보 거위를 가장 먼저 만났다. 거위는 모든 것을 다 아는 듯 마을 어귀에서 기다리고 있었다. 그곳은 거위네 집에서 멀리 떨어진 곳이었다. 거위는 놀랍게도 사람과 교감하며 이곳을 찾아와 한 사람을 기다렸다.

리취안취안은 뚱보 거위가 자신을 기다렸다는 생각이 들자 한참 동안 그 자리에 멍하니 선 채 다리를 움직이지 않았다. 뚱보 거위도 리취안취안을 보더니 기다랗고 하얀 목을 쭉 뺐다.

그때 리취안취안은 뚱보 거위 눈 속에 담긴 것을 보았다. 뚱보 거위 눈 속에만 있는 그것은 지난 이틀 동안 리취안취안이 잃어버릴까 봐 걱정하던 것이었다. 그런데 거위 눈 속에 아직도 그것이 있는 것을 보자 리취안취안의 마음이 편안하고 잔잔해졌다. 리취안취안은 땅에 앉아 거위를 품에 안았다.

뚱보 거위는 거부하지 않고 이 남자아이의 품을 받아들였다. 이 아이는 사람도, 동물도 안아 본 적이 없어 조금은 행동이 거칠었다. 그러니까 너무 꼭 껴안기는 했지만 그래도 거위는 기뻤다. 그날 리취안취안과 거위는 오후부터 해 질 녘까지 계속 함께 앉아 있었다.

어느 날 아침 허위샹은 '푸른 폭포' 방 창문을 두드리는 소리에 잠을 깼다. 똑, 똑, 똑. 세 번. 또 똑, 똑, 똑, 세 번.

"누가 이른 아침부터 창문을 두드리지?"

허위샹이 몸을 뒤집어 다시 잠에 들었다.

급하지도 느리지도 않게 창문을 두드리는 소리에 런전이 두 번째로 잠을 깼다. 런전은 일어나 창문 밖을 향해 소리를 질렀다.

"누구야?"

창밖에는 아무도 없었다. 그러나 똑, 똑, 똑 소리가 분명하고 리듬감 있게 들렸다.

"누구야?"

런전이 고개를 쭉 빼고 큰 소리로 물었다.

대답이 없었다. 그러나 똑, 똑, 똑 창문 두드리는 소리는 계속 들려왔다.

화가 난 런전은 맨발로 창문으로 다가가 바깥을 보더니 자기도 모르게 큰 소리로 말했다.

"뚱보 거위가 창문을 두드리고 있어!"

잠에서 깬 리취안취안이 벗은 발로 창문으로 달려갔다. 그러고는 창문을 열고 뚱보 거위를 안아 '푸른 폭포' 방 안으로 데려왔다.

허위샹과 런전은 뚱보 거위가 마치 오래전부터 살던 자기 집인 것처럼 태연하게 방으로 들어오는 모습을 보고 놀라움을 금치 못했다.

"봐 봐, 거위가 사람 사는 방에 들어왔는데 하나도 안 이상한가 봐."

런전은 눈앞에 벌어진 광경을 믿을 수가 없었다.

허위샹은 침대에 앉아 방을 이리저리 왔다 갔다 하는 거위를 보더니 이번에는 아무런 표정이 없는 리취안취안을 봤다. 그러고는 그 둘을 바보처럼 바라보더니 혼잣말을 했다.

"맙소사! 거위랑 사람이 친구가 될 수 있어?"

리취안취안은 말없이 뚱보 거위의 얼굴을 볼 뿐이었다. 한참을 보더니 거위를 안고 세면장으로 갔다. 허위샹과 런전은 도대체 무슨 일인지 생각하다가 세면장으로 쫓아갔다. 리취안취안이 손가락으로 거위의 얼굴을 천천히 씻기고 있었다.

허위샹이 고개를 돌려 런전에게 물었다.

"너 정확하게 봤지? 리취안취안이 안고 있는 게 거위니 사람이니?"

런전이 말했다.

"확실히 봤어. 거위야, 뚱보 거위."

"거위?"

허위샹은 두 눈이 휘둥그레져 말했다.

"내가 본 것은 거위 요정이야!"

"그럼 사람이 변해 거위가 된 거야?"

런전이 물었다.

"내가 어떻게 알겠니?"

허위샹은 고개를 돌려 세면장에 있는 리취안취안과 뚱보

거위를 지켜봤다. 거위에게 세수를 다 시켜 준 리취안취안이
이번에는 거위 털을 손으로 가지런히 빗겨 주었다. 그러자
거위가 기분 좋은 듯 소리를 냈다. 세면장 밖에서 그 모습을
본 허위샹과 런전은 깜짝 놀랐다.

　허위샹이 말했다.

　"세상에! 거위가 리취안취안이랑 말하는 것 같잖아!"

낡은 마구간 냄새

  밤새 신신이 돌아오지 않았다. 루창창과 쑤이신은 그 사실을 알지 못했다. 오로지 돈 상자와 돈 세는 일에만 관심이 있는 진상상은 말할 것도 없었다. 한밤중에 루창창은 신신의 이부자리에 사람이 없는 것을 보았지만, 화장실에 갔으려니 생각하고 별 주의를 기울이지 않았다. 루창창은 신신이 바닥에 던져 놓은 하얀 양말을 주워 신신의 이불 위에 던져두었다. 쑤이신의 생각도 루창창과 마찬가지였다. 아침이 돼서 신신의 자리에 사람이 없고 하얀색 양말이 이불 위에 그대로 있는 것을 보자 루창창은 비로소 신신이 밤새 돌아오지 않았다는 사실을 깨달았다.

  루창창은 먼저 신신의 특별 담당 간호사인 춘수를 찾아가 이 사실을 알렸다. 춘수는 소식을 듣고 깜짝 놀라 '참나무

아래' 방으로 달려와 신신의 이부자리를 살펴봤다. 그다음에
는 아이들에게 몇 가지 물어봤지만, 신신이 어디로 갔는지
힌트를 얻을 수 없었다. 춘수는 창밖을 바라보며 머리를 계
속 만졌다. 사실 춘수의 머리는 잘 정돈되어 있었다. 춘수는
마음이 초조하고 머릿속이 혼란스러운 듯했다.

루창창은 "우리가 가서 찾아볼게요."라고 춘수에게 어른스
럽게 말했다.

진상상은 침대 위 돈 상자를 보며 말했다.

"신신이 어디로 갔겠냐? 차오포 마을에서 지내기 싫으면
자기 집으로 갔겠지."

진상상의 말을 듣고 화가 난 루창창이 따지듯이 말했다.

"헛소리 좀 하지 마! 신신이 어떻게 혼자 집으로 가나? 걔
네 집이 여기서 얼마나 먼지 알아? 기차를 타고 가야 한다
고. 근데 기차표도 없이 철로 따라 집으로 갔겠냐? 찾으러
가기 싫으면 안 가면 되지 무슨 핑곗거리를 찾는 거야?"

진상상의 얼굴이 빨개졌다.

"누가 찾으러 가기 싫대? 누가 그런 뜻으로 말했냐고."

"얘들아, 어서 찾으러 가자! 흩어져서 찾아보자꾸나."

춘수가 말했다.

루창창과 다른 아이들이 치료 센터 문을 나설 때였다. 갑자기 무슨 생각이 떠올랐는지 춘수가 루창창과 아이들을 다시 불러들였다.

"신신 찾으러 안 가요?"

루창창이 돌아와 물었다.

춘수가 대답했다.

"내 생각에 신신은 낡은 마구간에 있을 것 같다."

"그럼 우리 마구간으로 가요!"

루창창이 말했다.

춘수는 아이들을 데리고 차오포 마을 구석에 있는 낡은 마구간으로 달려갔다. 울타리와 초막이 있고 안에는 볏짚이 몇 더미 있었다. 그런데 아이아이가 보이지 않았다.

춘수는 나무 문을 열고 들어가 말구유를 살펴보았다. 안에는 빗물만 담겨 있을 뿐 아이아이가 마시는 물이 있던 흔적이 보이지 않았다. 춘수는 상심한 얼굴로 마을 너머를 바라보며 말했다.

"최근에 와 보지 않았더니 아이아이가 없구나. 그나저나 내가 언제부터 안 왔지? 나는 아무것도 몰랐네!"

루창창이 조심스럽게 물었다.

"아이아이가 죽은 거예요?"

아이아이는 차오포 마을에서 전설적인 존재였다. 아이아이가 죽었느냐는 루창창의 물음에 마구간 울타리를 에워싸고 있던 아이들이 모두 침묵에 잠긴 채 춘수를 바라봤다.

춘수가 아이들에게 말했다.

"음, 그런 표정 짓지 마라. 나도 아이아이가 살았는지 죽었는지 아직 모른단다. 마을에 가서 한번 물어볼게. 아이아이가 진짜 죽었다면 신신이 더 걱정이다."

이렇게 말하며 춘수는 마구간 나무 문을 나와 마을로 뛰어갔다.

루창창이 쑤이신에게 물었다.

"말해 봐, 신신이 어디로 갔어?"

쑤이신이 고개를 저었다.

"모르지."

진상상은 감히 입을 열기 어려워 계속 루창창을 몰래 훔쳐봤다. 루창창은 마을 쪽을 계속 바라보며 춘수가 아이아이와 신신 소식을 가져오기를 기다렸다.

10분쯤 지나자 루창창과 아이들은 차오포 마을 쪽에서 춘수가 오는 것을 봤다. 춘수가 가까이 오자 아이들은 그의 표정이 좋지 않은 것을 보고 나쁜 소식을 예감했다.

쑤이신이 먼저 물었다.

"아이아이가 죽었대요?"

춘수가 고개를 끄덕였다.

"죽은 지 3일 되었대. 우리 모두 몰랐어."

춘수의 표정을 보면 늙은 말 아이아이가 죽은 게 마치 자기 탓인 것처럼 생각하는 듯했다.

루창창이 춘수를 위로했다.

"늙어서 죽은 거잖아요."

"나도 알아. 차오포 마을 사람은 모두 아이아이의 살날이 얼마 남지 않았다는 사실을 알고 있었어. 날마다 와서 아이아이를 봐야 했어. 특별히 나는 반드시 날마다 와서 확인해야 했는데……. 왜냐하면……."

"왜냐하면 뭐요?"

루창창은 춘수가 잇지 못한 뒷말을 알고 싶었다.

"왜냐하면…… 나는 아이아이와 신신 사이에 일어난 일을 알기 때문이란다."

루창창이 말했다.

"이야기해 봐요."

쑤이신과 진상상도 춘수를 바라보며 늙은 말 아이아이와 신신 사이에 일어난 일을 듣고 싶어 했다.

춘수가 고개를 저으며 말했다.

"안 돼. 지금 우리는 신신을 찾아야 해. 게다가 신신이 그 이야기를 다른 사람에게 하지 말라고 했거든. 다른 사람에게 말하고 싶으면 신신이 직접 하겠다고 했단다."

춘수는 아이들에게 마구간 초막과 건초 더미 속을 찾아보고 신신이 이곳에 온 흔적이 있는지 찾아보라고 했다. 지금 춘수가 가장 걱정하는 것은, 신신이 아이아이가 죽었다는 소식을 듣고 갑작스러운 충격을 견딜 수 있을까 하는 점이었다. 신신의 마음은 꽁꽁 얼었다가 이제야 겨우 풀리기 시작했는데…….

아무도 신신이 어디로 갔는지 알 만한 실마리를 찾지 못하자 모두 실망스러운 표정으로 춘수를 봤다. 모두 침묵하는 가운데 진상상이 큰 소리로 물었다.

"이거 무슨 냄새지? 늙은 말 냄새야? 아니면 초막 냄새야?"

루창창이 짧게 대답했다.

"낡은 마구간 냄새야."

그때 마음이 초조해진 춘수가 아이들에게 말했다.

"돌아가자. 다른 곳에 가서 신신을 찾아보자."

춘수와 아이들은 차오포 마을 쪽으로 향했다. 모두 옷이 땀에 흠뻑 젖었다. 루창창은 춘수가 몸과 마음이 모두 지친 것을 보고는 어른스럽게 먼저 아동 치료 센터로 뛰어갔다. 혹시나 신신이 어디서 밤을 보내고 지금쯤 '참나무 아래' 방으로 돌아왔는지 확인할 생각이었다. 과연 신신은 방으로 돌아와 침대에 누워 퉁퉁 부은 눈으로 천장을 바라보고 있었다. 루창창이 방을 뛰쳐나가 치료 센터 대문에서 춘수에게 소리쳤다.

"신신이 돌아왔어요!"

춘수는 그 소리를 듣고 아이들과 함께 뛰어왔다.

모두 신신의 침대를 에워쌌지만 신신은 마네킹처럼 눈도 깜박이지 않았다. 쑤이신이 신신 얼굴 위로 손을 흔들어 봤지만, 신신은 여전히 눈도 깜박이지 않았다.

진상상이 조그맣게 물었다.

"신신이 뭘 멍청히 보고 있지? 아이아이가 없다는 사실을 아는 게 분명해."

루창창이 고개를 끄덕이며 말했다.

"우리보다 먼저 알았을 거야."

신신의 내면에서 모든 것이 사라진 것처럼 보였다.

"신신, 너 어제 밤새 어디 갔었는지 말해 줄 수 있을까? 앞으로는 그러지 마라. 힘들면 나랑……."

춘수는 여기까지 말하고는 더 말을 잇지 않았다. 지금 신신에게 말해 봤자 아무 소용이 없다는 사실을 깨달았기 때문이다.

진상상이 갑자기 과장된 몸짓으로 코를 쿵쿵거리기 시작했다. 쑤이신이 물었다.

"왜 그래? 무슨 숨 쉬는 소리가 그렇게 요란하냐?"

진상상이 허리를 숙여 신신의 몸에 얼굴을 가까이 댔다.

"마구간 냄새가 나는데, 방금 내가 마구간에서 맡은 냄새랑 똑같아. 신신은 어젯밤 분명 낡은 마구간에 있었어."

그러자 모두들 코를 신신에게 가까이 댔다. 신신의 몸에서는 확실히 낡은 마구간 냄새가 났다.

"아이아이 생각하니? 맞아? 너무 힘들어하지 마. 아이아이는 나이가 들어서 죽은 거야. 너무 늙었잖아. 언젠가는 죽을 거였어."

춘수가 말했다.

그러자 신신의 눈이 움직였다. 고개를 틀어 붉어진 눈으로 아무 말 없이 춘수를 바라봤다.

춘수가 손을 신신의 이마에 얹었다.

"아무 말할 필요 없다. 네 마음 알아."

춘수의 말을 들은 신신은 다시 시선을 천장에 고정했다. 천장을 뚫고 차오포의 하늘과 하늘에서 인간 세상을 그리워하며 두둥실 떠다니는 흰 구름을 보는 듯했다.

루창창, 쑤이신, 진상상 모두 깊이 몰두한 신신의 눈길을 따라 위를 바라봤다. 하얀 천장에는 하얀색 말고 아무것도 없었지만, 모두 한동안 천장에서 눈을 떼지 못했다.

모두 마음을 놓지 못해 신신의 침대에서 떠나지 못했다. 신신이 갑자기 고개를 돌려 모두를 쳐다봤다. 신신의 눈은 신신의 얼굴을 밝혀 줄 만큼 빛났다. 마치 어두운 밤에 밝게 빛나는 별이 쏜살같이 땅으로 떨어지는 것처럼 밝은 빛을 내뿜었다.

"나 아이아이의 아들을 찾을 수 있을까요?"

갑작스러운 신신의 질문에 순간 모두 멍해졌다.

춘수 역시 얼빠진 듯한 얼굴이었다. 잠시 뒤 춘수의 눈에서 눈물이 흘러내렸다.

"그럼. 우리가 아이아이의 아들 찾는 걸 도와줄게. 분명 찾을 수 있을 거야."

신신이 작은 소리로 중얼거렸다.

"그러면 좋겠어요."

신신은 다시 고개를 돌려 눈을 감았다. 그 모습이 마치 먼 길을 걸어 지친 몸으로 마침내 집을 찾아 막 단잠에 빠지는 것 같았다.

춘수가 루창창, 쑤이신, 진상상에게 당부했다.

"신신 자는 것 깨우지 마라."

그리고 자기 가슴을 가리키며 말했다.

"신신은 이 부분이 너무 많이 지쳤어."

허위샹의 '슬리퍼'

　'운동화 슬리퍼'가 발에 걸리적거리는 게 싫었던 허위샹은 구겨 신던 신발의 뒤축을 잘라 진짜 슬리퍼로 만들었다. 그 날 차오포 마을의 깨끗한 거리를 걷던 허위샹은 맨발로 걷는 게 더 편하다는 생각이 들어 신발을 벗어 던지고 앞으로 걸어갔다. 길가로 내려가 풀이 있는 곳만 골라 걸었다. 부드러운 풀이 허위샹의 발을 간질이자 더 편하고 상쾌해졌다. 길에 '슬리퍼' 두 짝이 버려진 것을 보고 청소부 차오포는 신발 주인이 허위샹인 것을 알아차렸다.

　차오포는 요즘 아이들은 슬리퍼가 없으면 엄마, 아빠에게 사 달라고 하는데, 누가 이렇게 직접 신발을 슬리퍼로 고쳐 신을까 하고 생각했다. 허위샹 같은 아이나 전혀 개의치 않고 생각나는 대로 행동하고 편한 대로 행동할 뿐이었다.

차오포는 슬리퍼를 주인에게 돌려줄 생각에 열심히 수레를 밀어 일부러 아동심리 치료 센터 쪽으로 돌아갔다.

차오포는 그렇게 슬리퍼를 들고 가다 먼저 루창창을 봤다. 루창창은 슬리퍼를 보자마자 말했다.

"허위샹 거예요. 걔나 이런 신발을 신죠."

루창창이 큰 소리로 허위샹을 불렀다.

"허위샹! 차오포가 네 신발 가져오셨어."

허위샹은 언짢은 표정으로 모습을 드러냈다.

"이제 막 낮잠 좀 자려는데 누가 날 찾아와?"

차오포가 슬리퍼를 바닥에 놓았다.

"네 신발, 길에서 주웠다."

"버린 거예요, 잃어버린 것이 아니라요!"

허위샹은 더 말하지 않고 몸을 돌려 대문으로 들어갔다.

"누가 저 아이 담당 간호사냐?"

차오포가 루창창에게 물었다.

"칭화 선생님이요."

루창창이 대답했다.

차오포는 허위샹의 신발을 들고 아동 치료 센터로 들어가 칭화를 찾아 신발을 건네줬다.

"아이가 버렸는데 내가 주워 왔습니다. 그 아이 집에 돈이 없는 것도 아니고 신발이 없는 것도 아닌 것을 압니다. 그러니 신고 싶으면 신고, 버리고 싶으면 버리겠죠. 신발을 깨끗이 빨아 창가에 말려 놓으세요. 그러면 신고 싶을 때 다시 신겠죠. 요즘 애들은 내일 신을 신발이 있는지, 입을 옷이 있는지 생각해 본 적이 없을 겁니다. 자기가 손오공이 되어 원하는 대로 할 수 있으리라 생각하겠죠. 그 나이 때 아이들은 그런 공상을 하며 사는 법입니다. 내 생각에는 아이가 내일 아침 눈을 뜨자마자 신발을 찾을 것 같습니다."

"고맙습니다, 차오포."

칭화는 신발을 받고 차오포가 나무수레를 밀며 멀어져 가는 모습을 지켜봤다. 그러다 갑자기 소리를 쳤다.

"차오포, 건강 조심하세요!"

그렇지만 차오포는 귀가 어두워 그 소리를 듣지 못했다. 차오포가 말한 대로 칭화는 허위샹의 슬리퍼를 깨끗이 빨아 '푸른 폭포' 창틀에다 말려 놓았다.

저녁 무렵 날씨가 무척 더웠다. 차오포 마을 어디에도 바람 한 점 불지 않았다. '푸른 폭포' 방에서 무료하게 왔다 갔다 하던 허위샹은 짜증이 나서 창문을 열려고 했다. 그런데 창틀 바깥쪽에 말려 놓은 슬리퍼가 막는 바람에 창문이 열리지 않았다. 허위샹은 손을 뻗어 무엇인지 확인조차 하지 않고 신발을 잡아 던져 버렸다.

방에 같이 있던 런전은 허위샹이 던진 것이 허위샹의 신발이라는 것을 알았다. 또 칭화가 슬리퍼를 깨끗이 빨아 거기에 말려 놓은 것도 봤다. 하지만 아무 말도 하지 않았다.

허위샹은 창문을 활짝 열다 벽을 부술 뻔했다. 그래도 더위가 가시지 않자 문밖 큰 나무 아래로 더위를 식히러 뛰어갔다.

리취안취안이 뚱보 거위를 들판에서 데리고 왔다. 거위에게 잠깐 기다리라고 말하더니 먼저 세면장에 들어가 얼굴을 씻고 깨끗한 남방으로 갈아입고 왔다. 거위는 창밖에 떨어진 슬리퍼를 쪼며 놀고 있었다. 리취안취안이 그 슬리퍼를 들고 창문 안쪽의 런전에게 물었다.

"이거 허위샹 신발인데 왜 밖에 떨어져 있어? 필요 없대?"

"필요 없는 것 같던데?"

런전이 말했다.

리취안취안은 신발을 땅에 버리고 다른 곳으로 가려고 했다. 하지만 뚱보 거위는 여전히 부리로 슬리퍼를 쪼느라 갈 생각이 없었다. 신발을 다시 주워 자세히 보니 깨끗하게 빨려 있었다. 그래서 신발을 창틀 바깥에 올려놨다. 리취안취안이 돌아보자 뚱보 거위는 무언가 소리를 내며 앞서 나갔다. 리취안취안은 뒤에서 거위를 따라갔다. 리취안취안은 사람보다 더 인간미 넘치는 뚱보 거위와 같이 살고 싶을 만큼 갈수록 거위가 더 좋아졌다.

런전이 방 안쪽과 바깥쪽에 아무도 없자 손을 뻗어 허위샹의 신발을 창문 아래로 던지더니 혼잣말을 했다.

"자기 스스로 버렸는데 네가 주워서 뭐 하려고? 직접 만든 슬리퍼가 얼마나 보기 흉한데……."

런전은 뚱보 거위가 리취안취안에게 허위샹의 슬리퍼를 주워 창가에 올려놓으라고 한 사실을 생각조차 하지 않았다.

다음 날 아침 허위샹은 일어나자마자 제일 먼저 슬리퍼부터 찾았다. 고개를 숙이고 눈으로 찾아봤지만 보이지 않았다. 그러자 큰 소리로 물었다.

"내 신발 어디 있어?"

리취안취안이 잠을 깨 창밖을 가리켰다.

"창문 밖에."

허위샹이 물었다.

"누가 내 신발을 창문 밖에 두었어?"

리취안취안과 런전은 그 소리를 들었지만 모르는 척했다. 허위샹이 큰 소리로 다시 물었다.

"누가 내 신발을 창문 밖에 두었냐고?"

런전은 허위샹의 멍청한 질문에 대답할 필요를 못 느꼈지만, 허위샹이 멍청한 질문을 계속할 것 같아 말했다.

"너 진짜 기억 못 해? 아니면 나라의 중요한 일 생각하시느라 먹고 자고 싸는 일처럼 간단한 일은 상관없는 거야? 정말 대단하다, 대단해."

리취안취안이 말을 막았다.

"런전, 쓸데없는 소리해서 뭐 해? 빨리 말해 줘!"

허위샹이 의심하는 눈초리로 런전을 봤다.

"네 표정을 보니 내가 직접 신발을 창밖으로 던졌다는 것 같은데, 내가 정신병자냐? 내가 직접 신발을 버리고서 너한테 '누가 내 신발 버렸어?' 하고 묻는다는 게 말이 돼? 너 정신병자 아냐?"

"네가 직접 버렸어. 그리고 리취안취안이 주워서 창틀 바깥쪽에 올려놓은 것이고."

런전이 말했다.

리취안취안이 말을 덧붙였다.

"됐어, 됐어. 내가 무슨 그렇게 착하다고. 거위가 나보고 신발을 주워 올려놓으라고 했어. 뚱보 거위가 바로 천사야."

허위샹은 활짝 열린 창문을 보다가 갑자기 무엇인가 생각난 듯 창문으로 갔다.

"어젯밤에 창문 열 때 무언가가 막고 있어 던졌는데, 그게 내 신발이었어?"

리취안취안이 런전에게 말했다.

"이제야 생각났나 보다."

런전이 말했다.

"뒤늦게 양치질할 생각을 한 거랑 똑같지 뭐."

허위샹이 눈을 부릅뜨고 두 사람을 노려봤다.

"너희 무슨 소리 해? 내가 무슨 생각을 했다고? 내가 양치질하는 게 뭐 어때서?"

리취안취안이 런전에게 손을 저으며 말했다.

"그만해, 그만해. 그러다 생각난 것도 잊어버리겠다."

리취안취안은 이 말을 마치고는 참지 못해 웃음을 터뜨렸고 런전도 따라 웃었다.

두 아이가 자기를 보고 웃자 허위샹이 눈을 부라렸다. 리취안취안은 급히 문밖으로 나갔다.

"거위한테 아침 주러 가야겠다."

런전이 말했다.

"난 마을 나무다리가 무너졌는지 보고 와야겠다."

방문을 나가던 리취안취안이 런전이 말하는 소리를 듣고 화난 얼굴이 되었다.

"누가 나무다리가 무너진대? 넌 어떻게 만날 거짓말만 하냐? 내가 날마다 들판에서 조뱅이를 따고 그 나무다리를 건너오는데, 누가 나무다리가 무너진대? 누가 그랬냐고?"

리취안취안이 화를 내자 런전이 몸을 움츠렸다.

"누가 한 말을 들었어. 내가 한 말이 아니야. 나무다리 여섯 번째 기둥이 조금 기울어졌다고……."

리취안취안이 말했다.

"됐어, 넌 변명할 때조차 거짓말을 하는구나! 차오포 마을에는 나무다리가 하나밖에 없어. 그리고 이 나무다리에는 기둥이 다섯 개가 있고. 어디 여섯 번째 기둥이 기울어졌대? 내 생각에 네 머리 여섯 번째 신경이 기울어진 것 같으니까 제발 큰 병원에 가서 떼어 버려! 넌 언제쯤 거짓말하는 버릇을 고칠래?"

런전은 리취안취안이 어떤 핑곗거리로 자기를 팰까 걱정
되어 아무 말도 못하고 침대에 기대어 꼼짝하지 않았다. 마
을의 뚱보 거위와 친구가 된 뒤로는 리취안취안이 사람을
때리지도 않고 욕하지도 않고 성질이 많이 죽었다는 걸 런
전도 잘 알았다. 하지만 사람을 때리기 좋아하는 신경이 언
제 되살아나 다시 사람을 때리고 욕을 할지 몰라 몹시 불안
했다.

허위샹은 그 말도 많고 탈도 많은 슬리퍼를 신고 차오포
마을 거리를 걸었다. 허위샹에게는 어제나 오늘이 같았다.
엄마, 아빠가 왜 자기를 이곳에 데려다 두었는지 알지 못했
다. 허위샹은 처음에 여기에 오기 싫었다. 엄마, 아빠는 공부
를 너무 많이 했으니 차오포 마을에서 방학 동안 좀 쉬라고
했다. 또 차오포는 자연환경이 아름다워 이곳에서 방학을 보
내는 아이들이 많다고 했다. 허위샹은 대문에 아동심리 치료
센터라는 간판이 붙은 것을 보고 영문을 몰라 다른 사람에
게 물었다.

"이 간판이 왜 리조트에 붙어 있어요?"

이틀이 지나자 허위샹은 차오포 마을이 정말 좋다는 생각
이 들었다. 이곳에 온 뒤로 아무도 간섭하지 않고 아무도 뭘

묻지 않아서 정말 자유로웠다. 허위샹은 차오포 마을의 자연환경과 생활에 익숙해졌다. 신발을 슬리퍼로 만들어 신고, 또 신기 싫으면 신발을 신지 않고 맨발로 마음대로 마을 거리를 쏘다녀도 되었다. 그래서 허위샹은 너무나 만족스럽고 편안했다. 심지어 차오포 마을의 풀들이 자신의 맨발을 위해 자라는 것처럼 느껴졌다.

차오포 마을의 모든 곳은 바로 허위샹의 소파이자 침대였다. 허위샹은 눕고 싶으면 아무 데나 대자로 뻗어 하늘을 바라보며 눈을 뜨고 꿈을 꾸기도 했다.

허위샹은 홀로 풀밭에 누워 텅 빈 하늘을 향해 하하 크게 웃음을 터뜨렸다. 그는 스케이트를 타고 그림을 그리며 피아노를 치던 지난 시간이 우습게 느껴졌다. 허위샹의 등 뒤에는 늘 엄마, 아빠가 서 있었다. 부모님은 "한눈팔지 마!", "계속!", "한 번 더!" 등의 말을 습관적으로 뱉었다.

지금은 아무 말도 들리지 않고 또 들을 필요가 없다. 엄마, 아빠가 등 뒤에서 끊임없이 잔소리하던 예전에는 부모님의 말씀이 듣고 싶다거나 들으려 하는 태도를 억지로 해야 했다. 하지만 지금은 전혀 그럴 필요가 없다. 이제 싫은 소리를 더 듣지 않아도 되고 그 끔찍한 생활과도 작별했다. 그래서 허위샹은 날마다 풀밭에 누워 자기 자신에게 축하해 주었다.

허위샹이 잠깐 잠이 들었다 깨자 나무수레와 그 위에 앉아 있는 차오포가 눈앞에 보였다.

"오늘은 몇 번이나 잤니?"

차오포가 물었다.

"모르겠어요."

허위샹은 생각해 보려 했지만 정말 생각이 나지 않았다.

"신발은?"

허위샹이 발밑을 보니 신발은 한 짝만 있고 다른 한 짝은 보이지 않았다. 치료 센터에서 나오는 길 어딘가에서 신발을 잃어버린 기억이 났다.

그때 차오포가 나무수레에서 그 '슬리퍼'를 꺼내 허위샹의 발밑으로 던졌다.

"내가 두 번 주워 줬다. 남자아이가 길을 가는데 신발이 없이 어떻게 걷겠니?"

"내가 또 언제 신발을 잃어버렸죠?"

허위샹은 차오포가 '두 번'이라고 말한 것이 이해되지 않았다.

차오포가 웃었다.

"내가 너만 했을 때에는 신발이 한 켤레밖에 없어서 신발을 잃어버릴 생각은 감히 하지도 못했지. 신발 없이 남자아이가 어떻게 밖에 나가겠냐?"

"왜 아빠가 신발을 더 많이 사 주지 않았어요?"

허위샹은 이렇게 말하며 다시 대자로 누워 하늘을 바라봤다. 그 모습은 마치 왜 어린 차오포에게 신발을 더 사 주지 않았냐고 차오포의 아버지를 탓하는 듯했다.

차오포는 허위샹의 말을 듣고 웃었다.

"왜냐하면 우리 아버지도 신발이 없었거든."

"그럼 우리 아빠보고 차오포 아빠께 드릴 신발 좀 몇 켤레 사 달라고 하세요."

"우리 아버지는 신발을 신을 필요가 없단다."

"왜요?"

"이미 돌아가셨거든."

"그럼 우리 아빠보고 차오포가 신을 신발 몇 켤레 사 달라고 하세요."

"그럴 필요 없다."

"왜요?"

"난 이미 늙었거든. 지금은 어디도 가고 싶지 않고 또 갈 수도 없단다. 난 지금 신은 신발이면 충분해. 충분하고말고."

허위샹은 나무수레 위에 앉은 차오포와 신발 문제에 대해 더는 이야기하고 싶지 않았다. 눈을 감자 머릿속이 혼란스러웠다. 다시 잠이 들었다 일어난 허위샹은 나무수레 위에 앉은 차오포 역시 나무통에 기대어 머리를 떨구고 졸고 있는 모습을 보았다. 오전의 햇살이 나무수레와 차오포의 몸 위로 내리쬐자 고개를 떨군 차오포의 머리가 보였다. 하얗게 센 머리가 듬성듬성 있어 한 가닥 한 가닥 셀 수 있고 또 햇살이 그 사이로 지나갈 수 있을 정도였다. 그날 허위샹은, 노인은 얼굴 말고 정수리에도 검버섯이 생길 수 있다는 사실을 처음 알았다.

허위샹은 풀밭에서 조용히 일어나 고개를 갸웃하며 차오포가 나무수레에서 잠든 모습을 잠시 지켜본 다음, 몸을 일으켜 자리를 옮겼다. 몇 발짝 걷던 허위샹은 갑자기 멈춰 서더니 말없이 신발을 벗고 한 손에 한 짝씩 들고 걸었다. 신발을 또 잃어버릴까? 그런 것 같기도 하고 또 아닌 것 같기도 했다. '푸른 폭포' 방으로 돌아온 허위샹은 침대 밑에 슬리퍼를 가지런히 놓았는데, 처음으로 자기 신발을 소중히 다

루었다. 때마침 침대에 누워 있던 런전이 그 모습을 보고 이상하다는 생각이 들어 고개를 빼고 슬리퍼를 확인했다.

"똑같은 신발이네. 신발에 무슨 문제 있어? 신발을 대하는 태도가 다른 날이랑 다르다."

허위샹이 한마디 했다.

"신경 *끄셔!*"

콩나물과 궈궈

    아동심리 치료 센터의 원장은 무차오지만, 여기서 오래 지 낸 아이들도 그 사실을 모를 때가 많다. 사실 복도 벽에 붙 여 놓은 사진에 무차오가 있지만, 이름만 쓰여 있고 원장이 라는 직함이 빠져 있기 때문이다. 또 온종일 웃통을 벗고 다 니는 무차오가 원장이든 아니든 그건 여기 아이들의 생활과 는 큰 상관이 없다. 무차오는 차오포 마을에 사는 한 사람으 로 하늘을 나는 참새나 거리를 활보하는 뚱보 거위랑 똑같 았다. 아이들은 비 오는 날이나 햇살이 눈 부신 날이나 무차 오가 웃통을 벗고 차오포 길을 따라 마을 밖 들판을 달리는 모습을 자주 봤다. 무차오는 녹색으로 물들어 가는 들판에서 두 어깨를 돌리고 입을 크게 벌려 숨을 후후 크게 쉬며 고함 쳤다. 그러면 멀리 나뭇가지에 내려앉은 새들이 깜짝 놀라 날아갔다. 하지만 시간이 흐르고 무차오의 목소리에 익숙해지자 나무 위 새들은 꼼짝하지 않았고 오히려 무차오의 고함을 감상했다.

무차오의 벗은 웃통과 활력 때문에라도 아이들은 차오포 마을 사람들이 평범하지 않다고 느꼈다.

콩나물이 루창창에게 무차오가 뭐 하는 사람인지 물은 적이 있다. 처음에 루창창은 무차오가 보안 요원일 거로 추측했다. 그러고는 점점 보안 요원이라고 확신했다.

콩나물이 고개를 저으며 말했다.

"무차오는 보안 요원 같지 않아. 지금까지 본 보안 요원은 모두 젊었어. 무차오는 할아버지인데 어떻게 보안 요원을 할 수 있겠어? 세상에 저렇게 늙은 보안 요원이 어디 있니?"

루창창이 말했다.

"할아버지는 보안 요원 못하라는 법 있어? 봐 봐, 무차오 몸에 근육이 얼마나 많냐? 그런 근육은 보안 요원에게나 있는 거야."

"보안 요원의 근육이 어떤데?"

콩나물은, 루창창이 근육을 보고 다른 사람의 직업을 판단하는 게 영 못 미더워 계속 반문했다.

"보안 요원의 근육이 바로 무차오의 근육같이 생겼지."

그날 밤 콩나물은 방을 같이 쓰는 담당 간호사인 궈궈에게 느닷없이 물었다.

"무차오는 어떤 일을 해요?"

궈궈가 대답했다.

"원장님. 우리 센터 원장님이셔."

콩나물이 말했다.

"진짜 이상해요. 아동심리 치료 센터 원장님은 전혀 원장님 같지 않아요. 만날 웃통을 벗고 들판을 뛰어다니기만 하고. 정신과 선생님은 의사 선생님 같지 않아요. 또 간호사는 간호사 같지 않고요. 전 무차오가 원장님이라는 사실을 이제야 알았어요. 루창창은 무차오가 여기 보안 요원이라고 나한테 우겼는데……."

궈궈는 배꼽이 빠지도록 한참을 웃고 나더니 콩나물에게 물었다.

"방금 난 간호사 같지 않다고 했잖아. 그럼 난 뭐 같아?"

"친구요! 언니 같은 친구요!"

콩나물이 말했다.

콩나물의 대답을 들은 궈궈가 환한 미소를 지었다.

"친구 같다는 말, 맘에 드는데? 게다가 언니 같은 친구라니 더 좋다! 이곳에 있는 어른들은 모두 친구라는 말을 좋아해. 차오포 마을에 사는 사람들은 나이가 얼마가 되었든 모두 자신을 훨씬 젊게 생각한단다. 친구, 언니 같은 친구라. 정말 듣기 좋네!"

콩나물은 신 나게 웃는 궈궈를 보며 자기도 웃음을 터뜨렸다. 궈궈는 두 손으로 콩나물의 얼굴을 감싸 안고 한참을 들여다봤다.

"살이 쪄서 얼굴색이 훨씬 좋아졌다."

궈궈의 부드러운 손이 콩나물의 얼굴을 감싸자 콩나물의 입이 눌려 찌그러진 모양이 됐다. 그 모습이 정말 귀여웠다.

"궈궈, 내 위에 굶주린 들짐승이 사는 것 같아요. 온종일 시끄럽게 꼬르륵거리고, 날이 아직 밝지도 않았는데 배고프다고 난리가 나요. 좋은 꿈조차 제대로 꾸지 못해요. 어떡하면 좋죠? 이러다 뚱보가 될 것 같아요."

궈궈는 그런 콩나물이 너무 귀여워 뺨에 뽀뽀해 주었다. 그러자 콩나물의 얼굴이 붉게 물들고 눈에는 놀랍고 기쁜 표정이 담겼다.

"나 뽀뽀 받는 거, 진짜 오랜만이에요. 예전에 내 얼굴이 그렇게 보기 싫었어요? 얼굴색도 안 좋고 얼굴은 말라서 쪼글쪼글했죠?"

귀귀는 첫맛은 시고 끝 맛은 달콤한 청포도를 먹는 듯한 느낌이 들었다. 귀귀는 아무 말 없이 콩나물의 볼에 다시 뽀뽀했다. 이때 콩나물은 귀귀의 따뜻한 입술이 뺨에 닿자 촉촉하면서도 따뜻한 느낌이 맴도는 것을 분명하게 느꼈다. 귀귀는 금싸라기 땅에 따뜻한 씨를 심듯이 콩나물의 얼굴에 혈색이 돌아오기를 축복했고 또 아름다운 가을에 대해 기대감을 심어 주었다.

귀귀가 말했다.

"넌 이미 건강해졌어."

콩나물이 말했다.

"알아요. 지금처럼 몸이 건강했던 적이 없어요."

귀귀가 말했다.

"내가 부모님이랑 통화했단다. 엄마, 아빠가 주말에 널 데리러 오실 거야."

순간 얼어붙은 콩나물 눈에 어두운 그림자가 드리워졌다.

"귀귀……, 그러니까 내 병이 완벽히 나았다는 거예요?"

귀귀가 고개를 끄덕였다.

"물론이지."

"그렇지 않아요. 난 완벽히 낫지 않았어요……."

귀귀는 콩나물이 차오포 마을을 떠나고 싶어 하지 않는다는 걸 잘 알았다. 귀귀는 콩나물의 머리를 가볍게 쓰다듬으며 말했다.

"여기서 좀 더 지내다가 우리 콩나물 병이 완벽히 좋아지면 그때 엄마, 아빠랑 집으로 가자."

귀귀가 이렇게 말하자 콩나물은 마음이 진정되어 귀귀를 바라봤다. 하지만 귀귀는 계속해서 질문했다.

"귀귀는 지금 무슨 병을 앓고 있지? 거식증이지? 무엇이든 먹기 싫고 꿈에서조차 식당이나 요리사를 싫어하고. 그렇지?"

콩나물은 그 말을 듣자마자 귀귀가 일부러 반어법을 써서 자기를 놀리고 있음을 알아차렸다. 콩나물은 참지 못하고 화를 냈다.

"일부러 그런 거죠? 일부러 그런 거잖아요. 내가 무슨 생각을 하는지 다 알잖아요?"

귀귀가 말했다.

"네가 무슨 생각을 하는지 당연히 알지."

콩나물이 따져 물었다.

"내가 무슨 생각을 하는데요?"

궈궈가 대답했다.

"넌 차오포 마을을 좋아하잖아."

콩나물이 말했다.

"잘 알면서 일부러 나를 놀려요?"

"놀리는 거 아니야."

궈궈는 콩나물의 얼굴을 가볍게 꼬집었다.

다음 날 오후 콩나물의 엄마가 전화해 궈궈에게 수요일에 콩나물을 데리러 차오포 마을에 오겠다고 말했다. 궈궈는 전화를 끊고 낮은 소리로 혼잣말을 했다.

"오늘이 월요일이니까 내일모레 콩나물을 데리러 온단 말이지?"

궈궈가 '푸른 연못'으로 돌아와 깔끔하게 정돈된 콩나물의 침대를 보며 콩나물에게 어떻게 설명할까 고심했다. 고민하던 궈궈가 콩나물의 분홍색 베개를 들고 얼굴에 문지르자 콩나물의 머리카락에서 나는 좋은 냄새가 베개에서 났다.

이때 콩나물은 루창창을 데리고 차오포 마을의 작은 나무다리까지 달리기를 하고 있었다. 나무다리로 내려가자 웃통을 벗은 무차오가 풀밭에 서서 어깨를 움직이며 깊게 숨을 들이마시고 내쉬었다.

"원장님!"

콩나물이 소리쳤다.

"원장님!"

루창창도 따라 소리쳤다.

두 아이 모두 처음으로 무차오를 원장님으로 불러 봤다.

무차오는 말없이 이상한 표정으로 몸을 돌렸다.

"원장님."

무차오가 자신들이 부르는 소리를 못 들었다고 생각한 콩나물이 계속 무차오를 불렀다.

"우린 어제 알았어요. 원장님이신 것을요."

"난 보안 요원인 줄 알았어요."

루창창이 흠뻑 젖은 러닝셔츠로 얼굴의 땀을 닦았다.

무차오는 몸을 돌려 아이들을 슬쩍 보더니 말했다.

"그냥 무차오라고 부르렴."

콩나물은 그제야 차오포 마을의 생활 방식이 떠올라 말을 바꾸었다.

"무차오, 안녕하세요."

루창창도 따라 바꾸었다.

"무차오, 안녕하세요."

그러자 무차오는 몸 전체를 완전히 돌려 아이들을 봤다.

"좋아, 좋아, 좋아. 너희 하루도 빼먹지 않고 달리기하지?"

루창창이 대답했다.

"비가 오는 날이 있었어요. 새벽부터 밤까지 줄기차게 내리니까 하루만 쉬고 싶었는데, 콩나물이 오늘 안 하면 내일도 하기 싫어진다고 했어요. 그래서 비를 맞으며 달렸어요."

무차오가 웃었다.

"잘했다."

콩나물과 루창창이 10여 미터쯤 달려갔을 때 무차오가 뒤에서 소리쳤다.

"루창창, 너 62.5킬로그램까지 살이 빠졌구나. 아주 효과가 좋은데?"

루창창이 발걸음을 멈췄다.

"어떻게 내가 62.5킬로그램이라는 걸 아세요? 요즘 체중 안 쟀는데?"

무차오가 말했다.

"눈대중이지"

루창창은 달리기를 마치고 체중을 재 봤더니 정확하게 63
킬로그램이었다. 루창창은 마음속으로 무차오의 눈이 얼마
나 정확한지 탄복했다. 500그램 차이로 체중을 거의 정확히
알아맞히다니 정말 대단했다.

콩나물은 샤워장으로 씻으러 갔다. 궈궈가 따라가며 콩나
물 등을 밀어 주겠다고 했다. 콩나물은 이상하다는 생각이
들었다. 이젠 다 커서 보통 때도 혼자 샤워했고 엄마도 등을
밀어 준 적이 없었다. 다른 사람이랑 부딪치기라도 하면 참
을 수 없이 간지러워서 위험에 처한 애벌레처럼 몸을 둥글
게 말고 땅에 웅크린 채 일어서지 않던 콩나물이었다.

"나 혼자 씻을래요. 등 안 밀어 주셔도 돼요."

콩나물은 샤워장 샤워기 앞에 서서 팔을 감싸 궈궈의 손을
피했다.

"지금 안 밀어 주면 앞으로 네 등을 밀어 줄 기회가 평생
없을 거야."

궈궈가 말했다.

"무슨 말이에요?"

콩나물은 순간 궈궈의 말에 다른 뜻이 있다는 생각에 긴장
했다.

"등 밀어 주게 할래, 안 할래?"

귀귀는 콩나물이 긴장하는 걸 보고 엄마가 데리러 온다는 이야기를 일부러 하지 않았다.

"우리 엄마가 전화했어요? 나 데리러 온대요?"

하지만 콩나물은 벌써 알아차렸다.

귀귀가 말했다.

"오후에 전화하셨어. 수요일에 데리러 오신대."

콩나물은 계속 어깨를 감싼 채 귀귀를 바라보며 듣고 있었다. 그러다 갑자기 머리로 귀귀의 배를 들이받으며 말했다.

"나가요, 나가란 말이에요. 나 혼자 씻고 싶어요. 나 혼자 씻는다고요."

귀귀는 콩나물에게 떠밀려 샤워장에서 나온 뒤 문밖에 서서 콩나물을 기다렸다. 귀귀는 콩나물이 화가 난 것을 알았다. 분명 엄마가 데리러 온다는 소식을 듣고 화가 난 것이다. 몇 분이 지나고 귀귀는 문에 귀를 대고 샤워장 안 동정을 살폈지만 물 흐르는 소리는 들리지 않았다. 다시 잠깐 기다리던 귀귀는 더 참지 못하고 샤워장으로 들어갔다. 콩나물은 샤워기를 틀지도 않고 어깨를 감싼 채 바닥에 주저앉아 울고 있었다. 귀귀가 무릎을 꿇고 자신의 얼굴을 콩나물에게 가까이 댔다.

"콩나물아, 넌 이제 건강해졌어."

콩나물이 갑자기 고개를 들고 궈궈를 매섭게 노려봤다.

"건강한 아이는 반드시 차오포 마을을 떠나야겠네요. 맞나
요?"

궈궈가 고개를 끄덕였다.

콩나물은 더는 말하지 않고 수도꼭지를 틀어 샤워를 하기
시작했다.

콩나물은 저녁 시간이 되었지만, 식당에 가지 않고 침대에
누워 계속 잠만 잤다. 궈궈가 밥 먹을 시간이라고 세 번이나
불렀지만 그때마다 콩나물은 거부했다.

"한 숟갈도 먹기 싫어요."

그날 콩나물은 저녁밥을 먹지 않았다. 궈궈는 너무 걱정되
어 한밤중에 콩나물 엄마에게 전화를 했다.

"콩나물이 차오포 마을을 떠나고 싶지 않대요."

콩나물 엄마가 말했다.

"그럼 좀 더 지내라고 하세요."

궈궈가 '푸른 연못' 방으로 돌아오자 콩나물이 등을 돌린
채 누워 있었다. 궈궈는 작은 소리로 말했다.

"방금 엄마에게 전화했는데, 엄마가 이곳에서 좀 더 지내라고 하셨어."

콩나물이 바로 몸을 일으켜 자리에 앉아 외쳤다.

"궈궈, 배고파요!"

궈궈가 웃으며 말했다.

"너 그럴 줄 알았다."

콩나물이 입을 뾰로통하게 내밀며 말했다.

"알면서 왜 화나게 했어요?"

궈궈가 뾰족하게 튀어나온 콩나물의 입술을 가볍게 어루만지자 입술이 얼른 제자리를 찾았다. 그날 밤 궈궈와 콩나물은 한침대에서 잠을 잤다. 콩나물이 슬픈 꿈을 꾸었는지 갑자기 울음을 터뜨렸다. 꿈 밖의 궈궈가 콩나물을 꼭 껴안아 꿈속의 콩나물을 위로하며 진정하게 했다. 그러자 콩나물은 다시 단잠에 빠졌다. 궈궈는 새벽이 돼서야 간신히 잠이 들었다. 콩나물은 궈궈의 품에서 죽은 듯이 자고 있었다. 콩나물이 흘린 침이 궈궈의 잠옷을 적셨다.

콩나물과 궈궈가 모르는 사실이 하나 있었다. 그것은 바로 콩나물의 엄마가 콩나물이 차오포 마을에 좀 더 머무는 데 동의한 뒤 혼자 몰래 차오포 마을에 와 본 사실이다. 콩나물의 엄마는 깨끗한 여관에 묵으며 차오포 마을 아동심리 치료 센터에 혼자 갔다. 구석에 몸을 숨기고서 콩나물이 달리기하고 밥 먹는 것 등등 하루하루 살면서 겪는 일상의 모습을 지켜봤다. 그런 다음 다시 조용히 차오포 마을을 떠났다. 홀로 집으로 돌아가는 차 안에서 콩나물의 엄마는 얼굴에 행복 가득한 웃음을 지었다.

아이아이가 낳은 수말을
농부가 팔아 버리다

루창창과 진상상 두 사람만 '참나무 아래' 방에 있을 때 루창창이 갑자기 진상상에게 물었다.

"넌 여기 왜 왔어?"

진상상이 경계를 늦추지 않고 되물었다.

"넌 여기 왜 왔는데?"

"겉으로는 살을 빼는 것이지. 하지만 사실 차오포 마을과 여기 사람들이 내게 가르쳐 준 건 내가 살을 뺄 수 있다는 믿음이야."

루창창은 이렇게 말하면서 말이 두 발을 구르는 것처럼 습관적으로 두 어깨를 움직였다.

진상상은 할 말이 없었다. 여기 온 이유가 돈 상자의 돈을 세기 위해서라고 말할 수는 없었다. 진상상은 솔직히 그렇게 생각해서 입을 조금 들썩였지만, 말이 입 밖으로 나오지 않았다. 돈 상자의 돈을 세기 위해서라면 집에서도 셀 수 있지 않나? 구태여 여기 차오포 마을까지 와서 돈을 셀 필요는 없었다. 진상상은 스스로 이 질문의 답을 찾지 못하고서 상자만 품에 안은 채 루창창을 멍하니 바라보았다. 진상상은 마치 문제를 풀지 못한 채 종이에 아무 말이나 쓰고 그림을 그린 탓에 답안지를 제출하지 못한 장난꾸러기 학생 같았다.

루창창은 달리기를 하려고 운동화를 신고 하얀색 러닝으로 갈아입었다. 진상상은 하얀색 러닝이 이젠 루창창에게 너무 커서 헐렁헐렁하다는 것을 알았다. 루창창은 정말 살이 많이 빠졌다.

"살이 빠졌는데도 달리기를 계속해?"

진상상이 물었다.

"너보다 더 날씬해질 때까지 계속 뛸 거야."

루창창은 이렇게 말하고 탁탁 뛰어나갔다.

진상상이 창문으로 내다보니 루창창이 치료 센터 앞 풀밭에서 마을 길로 달려가는 모습이 보였다. 몸에 꽉 붙는 빨간색 운동복을 입고 마을 길에서 루창창을 기다리던 콩나물은 루창창을 따라 차오포 마을의 바깥쪽으로 멀리 달려갔다.

진상상은 순간 전에 느끼지 못하던 외로움과 적막을 느꼈다. 허위상은 방에 없었다. 최근 들어 허위상이 차오포와 앉아 함께 이야기하는 장면을 자주 보았다. 남자아이와 할아버지가 무슨 이야기를 나누는 것일까?

진상상 눈에 신신은 더 이상했다. 요즘은 아침에 나가면 밤이 되어야 돌아오고 점심도 먹으러 오지 않았다. 신신이 몽유병 환자처럼 차오포 마을 가까이에 있는 시골 여기저기를 돌아다니며 죽은 아이아이가 낳은 수말을 찾아다닌다는 이야기를 들었다.

처음에는 신신의 담당 간호사인 춘수도 신신을 도와 함께 아이아이가 낳은 수말을 찾으러 다녔다. 하지만 찾을 길이 안갯속처럼 흐려지자 곧 단념하고 신신에게도 더 찾지 말자고 했다. 그래도 신신은 아랑곳하지 않고 아침부터 밤까지 사방팔방을 다니며 수말의 소식을 물었다.

어느 날 신신은 신 나서 춘수에게 아이아이가 낳은 수말의 소식을 들었다고 전했다. 춘수도 정말 기뻐하며 말했다.

"너, 정말 찾았구나."

신신이 말했다.

"아이아이가 낳은 수말이 황양촌에 사는 것 같대요."

춘수는 신신이 알아 온 소식을 듣고 정말 기뻤다.

"내일모레 우리 같이 가 보자."

신신이 말했다.

"전 내일 갈 거예요."

춘수가 고개를 끄덕이며 말했다.

"좋아, 그럼 내일 가자."

다음 날 신신은 춘수와 함께 차오포 마을 아래 황양촌으로 갔다. 그러나 한 달 전 주인이 아이아이가 낳은 수말을 외지로 팔았다는 안타까운 소식을 들었다. 말을 가득 실은 커다란 트럭을 몰고 온 사람이 수말을 산 뒤 먼지를 휘날리며 떠났다고 말 주인이 전했다.

신신의 얼굴은 절망으로 가득했지만, 희망을 버리지 않고 물었다.

"트럭이 말을 싣고 어느 쪽으로 갔어요?"

말 주인은 신신의 기분은 개의치 않고 그저 아이아이가 낳은 수말을 좋은 값에 잘 팔았던 기억을 떠올렸다. 주인은 기쁨을 감추지 못하고 신신과 춘수에게 말했다.

"모르지. 말을 데리고 어디로 갔는지 누가 알겠니? 멀리 갔다는 말만 들었다. 얼마나 멀든 무슨 상관이겠니? 어쨌거나 꽤 큰 값을 쳐줘 한몫 단단히 챙길 수 있었지."

그러다 말 주인의 시선이 갑자기 신신의 얼굴에 꽂혔다.

"너, 얼굴 가운데 그 상처는 어떻게 생긴 거니? 무슨 상처야? 보기에 무섭다. 어떻게 상처가 이마부터 턱까지 쭉 이어지는지……."

신신이 눈을 부릅뜨고 매섭게 말했다.

"벼락 맞아서요!"

말 주인은 신신의 마음이 얼마나 상했는지 전혀 눈치채지 못하고 또 물었다.

"벼락을 맞아서라고? 벼락을 맞아 이렇게 되었는데 넌 어떻게 살았니?"

신신은 두 눈을 부릅뜨고 여전히 매섭게 말을 던졌다.

"죽었어요. 그리고 다시 살아났어요!"

말 주인은 진짜인지 가짜인지 알 수 없는 신신의 말을 듣고 너무 놀라 그만 손에 든 낫을 떨어뜨렸다.

춘수가 신신의 손을 잡고 급히 자리를 떴다. 그러나 무슨 말을 어떻게 해야 할지 몰랐다. 신신을 1분이라도 더 황양촌에 머무르게 할 수 없었다. 오래 있을수록 신신의 마음은 더욱 산산조각이 날 것 같았다. 신신은 차오포 마을로 돌아오는 길에 춘수와 한 마디도 하지 않았다.

춘수는 조용히 신신의 표정을 살폈다. 춘수는 신신이 정말 걱정됐다. 심리 치료 센터로 돌아온 뒤에도 춘수는 계속 신신을 떠올리며 신신의 병이 도져 다시 옛날로 돌아갈까 봐 걱정했다.

춘수의 걱정은 괜한 걱정이 아니었다. 신신은 저녁 시간에도 침대에 누워 천장만 바라보며 조금도 움직이지 않았다. 춘수는 계속 창문 밖에서 방 안을 지켜봤다.

루창창이 춘수 곁으로 다가와 물었다.

"오늘 아이아이가 낳은 수말을 못 찾았어요?"

춘수가 고개를 끄덕이고 한참 뒤에야 간신히 말을 이었다.

"찾긴 찾았어. 근데 말 주인이 팔았더구나."

"신신이 걱정되는 거죠?"

"응, 정말 걱정돼."

춘수는 루창창에게 밤에 신신을 잘 지켜보고 이상하게 행동하면 바로 알려 달라고 당부했다.

춘수의 말에 루창창이 긴장했다.

"오늘 밤, 무슨 일이 있을 것 같나요?"

춘수는 침대에 누워 있는 신신을 창문 너머로 바라보며 자기 가슴을 두드리더니 말했다.

"여기서 신신이 무슨 일을 저지를 것 같다고 말해."

"신신이 진짜 무슨 일을 저지를까요?"

"모르겠어. 정말 모르겠어. 그냥 너무 걱정돼."

춘수는 얼른 방으로 들어가라고 루창창의 등을 떠밀면서
도 자기는 밖에서 좀 더 지켜보다가 신신이 잠들면 방으로
가겠다고 말했다.

춘수는 그제야 배고픔을 느꼈다. 하루 종일 바쁘게 다녔고
신신이 밥을 안 먹으니 자기도 밥 먹는 것을 잊었던 것이다.
식당으로 뛰어가니 한만은 이미 그릇을 정리하고 있었다.

한만이 말했다.

"식탁에 밥 남겨 놨으니 데워 먹어요."

춘수가 말했다.

"신신이 또 무슨 일을 저지를 것 같아요."

한만이 말했다.

"조급해하지 마요. 시간이 지나면 다 잊히기 마련입니다."

"신신이 눈을 뜬 채 계속 천장만 쳐다보고 있어요. 그게 제
가 제일 걱정하는 표정이에요."

"신신이 한밤중까지 안 자고 있다면 분명 배가 고파 뭘 먹

고 싶을 것입니다. 한창 자라는 아이잖아요. 내가 야식 거리를 만들어 가져다줄게요."

춘수가 감격하며 말했다.

"고마워요. 나보다 한만이 더 걱정해 주네요."

한만이 말했다.

"고맙긴요. 우리 치료 센터 사람들을 보면 다들 나보다 더 고생이 많아요. 난 그저 밥만 해 주면 되잖아요. 아이들이 내가 해 준 밥을 맛있게 먹으면 난 그것으로 충분해요."

신신은 새벽 한 시가 넘어서야 눈을 감고 잠들었다. 루창창이 맨발로 걸어가 신신의 얼굴 위로 손을 휘휘 저어 보았다. 신신의 눈은 움직이지 않았다.

루창창은 창가로 가 밖에 서 있는 춘수에게 신신이 진짜 잠들었으니 이제 돌아가 자도 된다는 의미로 손을 내저었다. 춘수는 고개를 끄덕이고 자리를 떴다. 춘수는 고개를 돌려 '참나무 아래' 방 창문을 봤다. 불이 꺼져 어둠 속에 모든 것이 고요해 보였다. 그러나 춘수는 한밤중에 다시 신신이 있는 '참나무 아래' 방 창가로 돌아와 벽에 기대어 잠깐 졸았다. 사실 잠깐 눈을 붙이고 다시 일어날 생각이었지만 잠이 들고 말았다.

진상상, 신신이 그린 기억의
그림 앞에 서다

새벽 두 시. 신신은 잠든 지 한 시간이 채 되지 않아서 갑자기 일어났다. 불을 켜자 다른 아이들은 모두 자고 책상에는 쟁반이 있었다. 쟁반에는 채 썬 고기와 콩나물, 부추로 만든 음식이 있었다. 신신은 그 음식을 보자마자 늙은 말 아이아이가 날마다 먹던 여물이 떠올랐다.

신신은 접시에 담긴 음식을 물끄러미 바라보다 한순간 정신을 차리고 책상으로 달려갔다. 그리고 손으로 들고서 깨끗이 먹어 치웠다.

창밖 벽에 기대 있던 춘수는 내리는 비에 잠에서 깼다. 손목시계를 보니 새벽 다섯 시가 가까워 있었다. 어두운 하늘이 조금씩 밝아지고 있었다. 자리에서 일어나 '참나무 아래' 방 창문을 내다보니 놀랍게도 불이 환하게 켜져 있었다. 춘수는 깜짝 놀라 복도 쪽으로 내달려 '참나무 아래' 방문을 두드렸다.

문을 열어 준 아이는 예상외로 신신이었다.

평온한 신신의 얼굴에 춘수는 더욱 깜짝 놀랐다. 춘수가 방 안을 슬쩍 보자 루창창, 쑤이신, 진상상은 아직 깊은 잠에 빠져 있었다.

신신은 언제 깼는지 천장의 전등을 침대 쪽으로 끌어왔다. 따뜻한 불빛은 예쁜 주황빛이었다. 침대에는 종이 한 장이 있었고 종이 위에 탄소 펜 한 자루가 놓여 있었다. 보아하니 신신은 밤새 한숨도 안 잔 것 같았다.

"뭐 하고 있어?"

춘수가 어리둥절해서 물었다. 충분히 자지 못해 춘수의 눈도 빨갛게 충혈되었다.

"그림 그려요."

"그림을 그린다고?"

춘수는 신신의 과거를 잘 알았다. 신신은 지금까지 그림을 그려 본 적이 없고 애초에 그림 그리는 것을 좋아하지도 않았다.

"지금 그림 그리고 있어요."

신신의 말투는, 비 내리는 고요한 새벽, 따뜻한 흙 속에서 수많은 생명의 이야기가 들려오는 차오포 마을처럼 울림이 있었다.

춘수는 침대에 있는 그림을 보았다. 멀리 뒤를 돌아보는 늙은 말이었다. 멀리 사라진 자식을 찾는 것처럼 뒷다리를 높이 든 말의 모습이 매우 초조하고 근심에 차 보였다. 머리와 목의 갈기는 매우 헝클어져 있어 얼마나 힘들고 지쳤는지를 보여 주었다.

말을 회상하는 그림이었다. 그리고 지금까지 그림을 그려본 적이 한 번도 없는 남자아이의 손에서 나온 작품이었다. 그림 속 말은 새벽녘 차오포 마을에 내리는 비의 싱그러운 냄새를 맡고 당장 그림 밖으로 뛰쳐나올 것 같았다. 새벽 비에 환생을 갈망하는 말의 모습이었다. 불행을 온몸에 안고 사는 한 남자아이가 그 말을 기억하고 있었다.

"아이아이니?"

춘수의 눈빛이 흔들렸다. 춘수는 그림 속 늙은 말이 아이아이라는 것을 알아차리고 자신도 모르게 아이아이의 이름을 불렀다. 그뿐만 아니라 아이아이를 다시 만나자 온갖 느낌이 솟아올라 서로 엇갈리고 마주치는 어수선한 심정이 드러났다.

신신은 깊은 추억의 바다에서 아직 헤어 나오지 못해 눈빛이 허공을 맴돌았다. 얼굴의 자줏빛 상처가 신신의 뇌를 반으로 쪼개 절반은 현실 생활 속에 남겨 두고 나머지 절반은 창공의 푸른 풀밭을 노니는 듯했다.

신신이 춘수에게 되물었다.

"이 말이 아이아이 같아요?"

춘수는 고개를 계속 끄덕이며 말했다.

"응. 응. 응. 아이아이야. 아이아이가 맞아."

다섯 시쯤 루창창이 잠에서 깨어나 보니 신신과 춘수가 자지 않고 종이 한 장을 보고 있었다. 그 모습이 이상하게 느껴진 루창창이 물었다.

"지금 뭐 봐요?"

춘수가 상기된 표정으로 그림을 가져와 루창창에게 보여 줬다. 루창창은 슬쩍 보자마자 아이아이라는 사실을 알아차렸다.

신신의 얼굴에 슬며시 웃음이 번졌다.

루창창은 건네받은 그림을 몇 분간 감상한 뒤 신신을 바라봤다.

"네가 그린 거야?"

신신의 얼굴에 번진 웃음은 사라지지 않았다.

다음으로 일어난 사람은 쑤이신이었다. 루창창의 큰 목소리에 잠이 깬 쑤이신이 졸린 눈을 비비며 간신히 눈을 떴다.

"왜 이렇게 시끄러워요?"

춘수와 신신, 루창창이 한 줄로 서서 대답 대신 그림을 보여 줬다. 쑤이신의 눈길이 그림으로 향했다.

"뭘 보라고? 주어 온…… 찢어진…… 그림?"

그때 쑤이신의 눈이 갑자기 커다래지더니 물었다.

"누가 그린 거야? 아이아이야? 진짜 똑같다."

루창창이 말했다.

"신신이 그린 거야."

쑤이신이 고개를 저었다.

"신신이 그린 거라고? 난 신신이 그림 그린다는 얘기, 못 들어 봤는데?"

춘수가 말했다.

"신신이 그린 거 맞아."

쑤이신은 춘수의 말을 듣고 갑자기 진지한 표정으로 손을 내뻗었다.

"다시 한 번 볼게."

춘수와 신신, 루창창은 누구도 믿지 않는 쑤이신이 그림을 찬찬히 다 보고 난 뒤에 어떤 반응을 보일지 기다렸다. 쑤이신은 그림을 한참 들여다본 뒤에야 고개를 들었다.

"정말 살아 있는 것 같다."

그날 아침 진상상만 잠에서 깨지 않았다. 진상상은 본디 늦게 자고 늦게 일어나는 습관이 있었다. 상자 속 돈을 마지막으로 한 번 다 세고 나서야 잠이 든다. 진상상은 꿈속에서도 돈을 세는데, 꼭 돈을 잘못 세거나 다 못 세서 꿈에서 깨어날 수가 없었다.

진상상은 방으로 몰려오는 사람들 소리에 시끄러워 잠을 깼다. 춘수가 신신의 그림 이야기를 하자 어른 아이 할 것 없이 모두 그림을 보고 싶어 몰려온 것이다. 사람들이 들어와 진상상의 침대 주변에서 소란을 피웠다. 처음에 잠에서 깼을 때 진상상은 지진이 났는데 누군가 소란한 틈을 타서 상자 속 돈을 훔쳐가려는지 알았다. 무슨 상황인지 알고 나자 진상상은 자기 자신이 너무 웃겼다.

'참나무 아래' 방으로 온 사람 모두 신신이 영감을 담아 그린 작품을 보려고 했다. 신신이 어떻게 죽은 아이아이를 되살렸는지 궁금했던 것이다. 심지어 무차오 원장과 수레를 문 앞에 세워 둔 차오포까지 늙은 말 아이아이를 보려고 왔다. 그림을 본 무차오가 말했다.

"똑같네, 똑같아. 똑같아."

차오포는 눈이 흐려진 지 오래라서 잘 보이지 않았다. 그래서 실눈을 뜨고 가까이 본 다음 다시 거리를 두고 그림을 봤다. 차오포의 평가는 무차오보다 한 마디 더 길었다.

"정말 똑같다."

차오포는 저도 모르게 손을 뻗어 그림 속 아이아이를 어루만졌다.

신신과 신신이 그린 그림은 차오포 마을의 사건이 되었다. 크지도 않지만 작지도 않은 사건이었다. 그림을 보려는 사람이 많아지자 춘수는 액자에 그림을 넣고 '참나무 아래' 신신의 침대 머리맡에 걸어 두었다.

한동안 사람들은 신신의 그림을 보려고 '참나무 아래' 방을 찾았다. 사람들은 먼저 "누가 신신이에요?"라고 물은 다음, 그림 속 늙은 말 아이아이를 감상했다. 그림을 보면서 작은 목소리로 아이아이가 살아 있을 때 있었던 이야기를 들려주었다. 그렇다. 차오포 마을 사람 모두가 아이아이에 관한 이야기를 알았다.

　어느 날, 그림을 배운 허위샹이 찾아와 벽에 걸린 아이아이를 본 뒤 어른처럼 깊은 한숨을 내쉬었다. 허위샹이 심각한 표정을 짓자 옆에서 그 모습을 지켜보던 진상상은 너무나 궁금해 물었다.

　"마을 사람들이 말한 것처럼 그렇게 뛰어난 그림은 아닌 거야? 아이아이랑 닮았어? 값어치가 있는 그림이야?"

　허위샹은 아이아이 그림에서 눈을 떼지 못하고 말했다.

　"나한테 그림을 가르쳐 준 선생님이, 아이들의 그림에는 영혼이 담긴 작품이 보기 드물게 나올 때가 있다고 했거든. 영혼이 담긴 그림은 평생 한 장밖에 안 나오지. 그래서 어떤 사람은 평생 만족스러운 그림을 그리지 못하기도 한댔어. 내 생각에 그림을 배운 적이 없는 신신이 그린 이 그림이야말로 바로 그 선생님이 말씀하신 영혼이 담긴 그림 같아."

　진상상은 여전히 반신반의하면서 허위샹이 그림을 조금 안다고 자기 앞에서 으스대는 것으로 생각했다.

　차오포 마을 민속박물관에서 일하는 대머리 관장이 소문을 듣고 신신의 그림을 보러 왔다. 그는 감탄을 금치 못했다.

　"이 그림을 차오포 마을 민속박물관에 걸어 놓아야 합니다. 이 그림은 차오포 마을의 것입니다."

신신이 그 제안을 거절하며 민속박물관 대머리 관장에게
말했다.

"이 그림은 내 거예요."

박물관 주인은 대머리를 끄덕거리며 말했다.

"이 그림이 네 거라는 것을 나도 안다. 하지만 그림을 박물
관에 걸어 놓는 것이 더 맞을 것 같다. 내가 돈을 내고 이 그
림을 사겠다."

"안 팔 거예요."

신신이 말했다.

"내가 돈을 많이 주겠다."

신신이 거절하자 민속박물관 관장은 마음이 초조해졌다.
머리카락이 벗어진 대머리에 땀이 방울방울 맺혔다.

그때 돈 상자를 안고 침대에 앉아 두 사람이 그림을 놓고
흥정하는 모습을 지켜보던 진상상이 참지 못하고 물었다.

"이 그림이 얼마짜리인데요? 내 상자 속 돈보다 더 많이
돈을 내야 하나요?"

민속박물관 주인이 상자를 껴안고 있던 진상상을 슬쩍 보
더니 한마디 했다.

"네 상자 속 돈보다 열 배는 더 비쌀 거다."

그렇게 비싸다고? 진상상은 뛰듯이 다가와 신신의 그림을 처음으로 자세히 보았다. 진상상은 아이들의 말은 믿지 않았지만, 어른의 말은 굳게 믿었다.

신신은 아이아이 그림을 마을 민속박물관으로 보내는 것에 절대 반대했다. 민속박물관 관장은 못내 아쉬워하며 내일 다시 오겠다고 했다. 그러자 신신이 말했다.

"백 번을 와도 안 팔아요."

민속박물관 대머리 관장이 돌아가자 방에는 신신과 진상상 두 사람만 남았다. 진상상은 이를 악물고 신신에게 제안했다.

"내 상자 속 돈과 네 그림을 바꾸고 싶은데, 어때?"

사실 진상상은 상자 속 돈 절반만 주고 그림을 받을 생각이었다.

신신은 진상상의 말에 전혀 신경 쓰지 않고 말했다.

"네 자신을 팔고 거기에 돈을 더 준다고 해도 절대 안 바꿔!"

진상상은 그 자리에 얼어붙었다. 신신이 그린 그림이 정말 그렇게 값어치가 있는지 이해가 되지 않았다. 진상상은 처음으로 자기가 날마다 몇 번씩 세던 돈이 아무것도 아니라는

생각이 들었다. 신신이 방을 나가자 방 안이 고요해졌다. 진
상상은 상자 속 돈을 바라보듯 벽에 걸린 아이아이 그림을
혼자 우두커니 바라봤다. 그러자 늙은 말 아이아이가 갈기를
휘날리며 마을 전체가 울리도록 콧김을 내뿜고 네 발굽으로
땅을 내디뎌 그림 속에서 뛰쳐나와 문을 박차고 마을 밖 푸
른 초원으로 달려 나갔다. 그런 느낌을 받자 진상상은 깜짝
놀라 "아이고!" 하며 뒷걸음쳤다. 진상상이 정신을 차리고
보니 자신은 땅에 주저앉아 있고 늙은 말 아이아이는 여전
히 벽에 걸려 있었다. 진상상은 이마의 식은땀을 손으로 닦
아 냈다. 땀이 어떤 맛인지 궁금해 혀로 핥아 먹어 봤지만,
아무 맛도 느껴지지 않았다. 혀가 너무 놀란 나머지 제 기능
을 잃어버린 것이었다.

그날부터 진상상은 상자 속 돈을 세지 않았다. 지난날 그
토록 열광하던 일에 더는 흥미를 느끼지 못했다. 진상상은
돈 상자를 침대 머리맡 작은 상자에 넣어 두고 이틀 동안 손
도 대지 않았다. 그렇게 또 이틀이 지나자 상자 위에 먼지가
쌓였다. 그러자 진상상은 그 상자에 더 손대기가 싫어졌다.

쑤이신과 런전의 다툼

'참나무 아래' 방에 사는 쑤이신과 '푸른 폭포' 방에 사는
런전이 한낮의 식당에서 다투기 시작했다. 신신의 '세기의
작품'이 원인이었다. 신신의 그림이 아니었다면 두 아이가
싸우는 일은 없었을지 모른다.

쑤이신이 말했다.

"날 죽도록 팬다고 해도 난 도저히 신신의 그림이 유명해
졌다는 사실을 못 믿겠어. 하얀 종이에 탄소 펜으로 말 한
마리 그렸을 뿐인데 차오포 마을 사람 모두가 알게 되었다
니! 너무 쉽게 유명해진 거 아니냐? 유명한 화가인 쉬베이
홍의 말 그림이 비싸다는 것쯤은 나도 알아. 오래될수록 그
가치가 올라가는 거잖아! 쉬베이홍의 그림을 팔면 차오포
마을 전체를 살 수 있을 거야. 근데 신신이 그린 말이 그렇

게 가치가 있다고? 그걸 누가 믿겠냐?"

런전이 말을 이어받았다.

"넌 이것도 못 믿고 저것도 못 믿고 그럼 대체 뭘 믿는다는 거지? 너 자신은 믿기나 해? 너 스스로 뭘 할 수 있는데? 뭘 해낼 수 있어? 만약 네가 뭘 해낼 수 있다면 너희 엄마, 아빠가 널 이곳에 보냈겠어?"

쑤이신의 몸에는 애초부터 다른 사람을 믿지 못하는, 무엇이든 의심하는 피가 흐르는 듯했다. 그런데 런전이 자기에게 듣기 싫은 소리를 내뱉자 쑤이신도 런전의 약점을 들추며 반격에 나섰다.

"아, 그래? 그러는 너는 그렇게 잘났으면서 이렇게 나이 먹도록 거짓말하는 것 빼고 할 줄 아는 게 뭐가 있는데? 네가 뭘 할 수 있는지 말해 봐. 거짓말 말고 다른 걸 할 수 있다면 너희 엄마, 아빠가 너를 이곳에 보내지 않았겠지."

식당에 남아 밥을 먹던 콩나물은 쑤이신과 런전이 무섭게 다투는 모습을 보고 참다 못해 한마디 했다.

"너희 둘 왜 그렇게 싸우니? 그게 싸울 거리라도 돼?"

두 아이는 싸우는 데 정신이 팔려 콩나물이 식당에서 자신들을 보고 있다는 사실조차 깨닫지 못했다. 두 아이의 싸움은 점점 더 과격해졌다.

런전이 쑤이신을 가리키며 말했다.

"넌 아주 쓰레기야. 나중에 커서도 여전히 쓰레기일 거야."

"너야말로 쓰레기다!"

씩씩거리면서 런전을 가리키는 쑤이신의 손가락이 런전의 코에 닿을 듯 말 듯했다.

런전이 말했다.

"사람 구실도 못 하는 녀석. 넌 나중에 커서 동네 건달이나 될 거다."

런전의 말을 듣고 쑤이신은 공격할 거리를 찾은 기쁨에 "하하!" 하고 크게 웃음을 터뜨렸다.

"내가 커서 건달이 된다고? 좋아. 난 동네 건달이 될 거다. 근데 어느 날 너 같은 사기꾼을 만나면 이 건달님이 그 녀석을 시원하게 두들겨 패 줄 거야. 아마 사기꾼 녀석은 건달 앞에 무릎을 꿇고 앉아 수없이 이마를 조아리며 살려 달라고 울며불며 매달릴 거다."

콩나물은 쑤이신과 런전을 번갈아 보더니 얼굴이 빨갛게 상기되었다. 좋은 사람들이 있고 자연이 아름다운 이곳 차오포 마을에서 미래의 건달과 미래의 사기꾼을 만나다니, 정말 불행하다는 생각이 들었다.

"사기꾼과 건달! 여기서 싸우지 마. 여기는 차오포 마을이지 건달이랑 사기꾼이 치고받고 싸우는 곳이 아니라고!"

화가 난 콩나물이 소리쳤다.

그때 요리사 한만 또한 런전과 쑤이신이 싸우는 모습을 지켜보고 있었다. 주방 문 앞에 서서 마치 어린 수소들이 뿔을 맞대고 머리싸움을 하듯 두 아이가 맞겨루는 모습을 웃으며 지켜봤다. 그러나 두 남자아이가 서로 삿대질까지 하며 치고받으려 하자 주방에서 나가 싸움을 말리려 했다. 그런데 콩나물이 하는 소리를 듣고 그 자리에 우뚝 멈추어 섰다. 그리고 아이들 싸움에 끼어들지 말아야겠다고 생각했다. 그러고는 한만은 아예 주방 안쪽으로 들어가 식당에서 싸우는 소리에 귀를 쫑긋했다.

이때 식당에 있던 런전이 콩나물 쪽으로 고개를 돌려 매섭게 노려보며 소리쳤다.

"그래. 난 사기꾼이다. 어쩔래? 네가 나를 어쩔 거냐고? 내가 사기꾼이면 어쩔 거냐니까!"

쑤이신 역시 콩나물에게 고함쳤다.

"맞아. 맞아. 맞아. 내가 바로 건달이다. 내가 건달이면 네가 날 어떻게 할 건데?"

콩나물은 런전과 쑤이신이 분노의 화살을 자신에게 돌릴 줄은 생각도 못했다.

"내가 너희에게 똑똑히 말하는데, 차오포 마을은 건달이나 사기꾼을 받아 주지 않아."

런전이 물었다.

"우리를 받아 주지 않는다고? 왜 안 받아 주는데?"

"너희는 차오포 마을과 어울리지 않으니까."

콩나물이 말했다.

쑤이신과 런전은 순간 꿀 먹은 벙어리가 되었다. 콩나물의 말이 아주 예리하고 날카로웠기 때문에 런전과 쑤이신은 공격할 빈틈을 찾지 못했다. 그때 열려 있던 식당 창문으로 차오포 마을의 정경이 한눈에 들어왔다. 직사각형 모양의 창문이 액자가 되어 그림처럼 아름다운 창밖의 풍경을 담았다.

식당에 있던 세 아이의 눈길이 모두 그 그림을 향했다. 리취안취안은 식당 밖 풀밭에 누워 있고, 옆에는 그의 곁을 한시도 떠나지 않는 뚱보 거위가 길고 부드러운 날개를 리취안취안의 목에 척 얹고 누워 있었다. 자세히 보면 하얀 거위가 리취안취안 목에 감긴 하얀 목도리 같았다. 뚱보 거위는 한쪽 날개로는 리취안취안의 목을 부드럽게 한 바퀴 감싸고 있었고 다른 쪽 날개는 푸른 풀밭에 그냥 늘어뜨린 채였다.

식당에 있던 세 아이는 그 정경을 한참 동안 바라보았다. 콩나물이 먼저 눈길을 돌려 런전과 쑤이신을 바라보았는데, 그 눈빛에는 두 아이를 못마땅하게 여기는 마음이 가득했다. 잠시 뒤 콩나물은 식당을 빠져나갔다. 뒤이어 런전이 창문에서 시선을 거두고 쑤이신에게 말했다.

"넌 재미있니? 싸울 힘이 남았어?"

쑤이신이 말했다.

"너랑 싸우는 게 재밌겠니? 싸울 힘도 없다."

"아니, 싸울 힘이 없는 게 아니라 시시하다고."

쑤이신의 말에는 런전을 원망하는 마음과 또 자신을 탓하는 마음이 모두 담겨 있었다.

곧 두 아이 모두 식당을 나갔다. 쑤이신은 주방에 있는 한만에게 인사하는 걸 잊지 않았다.

"한만! 우리 가요!"

쑤이신이 인사하는 소리를 듣고 한만은 그렇게 치열하던 싸움이 갑자기 왜 싱겁게 끝났는지 이해할 수 없었다.

"어? 왜 전투가 그쳤지?"

한만이 어찌 된 일인지 알아보려고 수건으로 손을 닦으며 나왔을 때, 창밖으로 평범하긴 해도 보기 드문 그림이 펼쳐졌다. 그림 속 주인공은 리취안취안과 그가 아끼는 뚱보 거위였다. 한만은 가까이 다가가 창가에 서서 풀밭을 오래도록 바라보았다.

차오포에서의 잔치

차오포 할아버지가 돌아가셨다. 차오포는 자신의 청소 나무수레에서 조용히 세상을 떠났다. 마을 사람들은 차오포가 세상을 떠난 시간이 밤 열두 시인지 아니면 새벽 한 시? 두 시? 아니면 세 시인지 알 수 없었다. 아니면 온몸에 이슬을 맞고 동쪽으로 떠오르는 태양을 기다리고 있었는지도 알 수 없었다.

누군가 새벽녘에 차오포를 보았다. 차오포는 언제나처럼 나무수레에 앉아 등을 나무통에 기댄 채 고개를 가슴에 처박고 있었다. 살아 있을 때 꾸벅꾸벅 졸던 모습과 다를 바 없었다. 나무 위 새소리와 닭 울음소리에 금방이라도 깨어날 것처럼 보였다. 쓰레기를 줍는 나무통에는 종잇조각 하나, 담배꽁초 하나 찾을 수 없었다. 차오포의 마음속에 차오포 마을은 한 사람의 눈과 같았다. 그래서 차오포는 먼지 하나조차 그냥 지나치지 않았다.

심리 치료 센터의 아이들은 차오포 할아버지가 쓰던 나무 수레가 아직 길에 있고 나무통과 나무집게 역시 수레에 그대로 있었다는 소식을 들었다. 마을에서 자라는 나무처럼 그곳에서 자라고 있었다.

아이들은 마을에서 누군가 죽으면 마을 사람 모두 엄청난 슬픔에 빠질 거라고 생각했다. 하지만 차오포 할아버지가 세상을 떠났다는 사실을 알았지만, 사람들의 일상은 똑같았고 표정 또한 담담했다. 마치 차오포 마을에 아무 일도 일어나지 않은 것만 같았다.

차오포 할아버지를 보내던 날 밤, 차오포 마을 사람들은 신 나는 잔치를 열었다. 사람들은 마을의 가장 넓은 광장에 모닥불을 활활 피웠다. 아동심리 치료 센터의 간호사와 아이들 역시 모두 참여했다. 마을에서 존경받고 사랑받던 할아버지가 세상을 떠났는데, 사람들의 얼굴에는 왜 슬퍼하는 기색이 없는지 많은 아이가 의아하게 생각했다.

무차오, 한만, 춘수, 덩차이, 귀귀, 칭화는 모닥불 곁에 서서 차오포 할아버지와 작별했다. 모닥불이 마을을 밝게 밝히고 밤하늘까지 밝게 밝혔다. 아이들은 누군가 부르는 노랫소리를 듣고 함께 따라 불렀다.

콩나물은 사람들이 기쁨의 노래로 죽은 사람과 작별하는 것을 처음 봤다. 콩나물은 눈에 눈물이 핑 돌았지만, 꾹 참았다. 하지만 볼을 타고 흐르는 눈물에는 모닥불 불빛이 찬란하게 비쳤다.

허위샹이 한만에게 물었다.

"우리 할아버지가 돌아가셨을 때 장례식에 갔어요. 사람들은 모두 흰 꽃을 달고 침통한 얼굴이었죠. 우리 아빠랑 친척 모두 눈물범벅이었어요. 그런데 여기 사람들은 왜 모닥불을 피우고 노래를 부르며 장례를 치르나요?"

한만이 말했다.

"차오포가 편안히 갔기 때문이야. 그래서 사람들은 기뻐하면서 장례를 치르는 거란다."

허위샹은 그날 밤 열린 잔치에 마음을 빼앗겼다.

"할아버지 한 분이 돌아가셨는데 마을 전체가 함께 장례를 치르다니 정말 생각조차 못한 일이에요. 차오포가 이 사실을 알면 얼마나 기뻐하실까요! 차오포는 마을 청소부인데도 말이에요!"

이렇게 말하는 사이 노랫소리는 더욱더 마음을 울렸다. 한 사람이 모닥불에 나무를 집어넣자 화려한 불꽃이 튀어 올랐다. 합창이 끝나자 타닥타닥 모닥불 타는 소리가 들려왔다.

콩나물이 옆에 서 있던 루창창에게 말했다.

"차오포 할아버지가 정말 멀리 떠나신 거겠지? 근데 차오포가 우리를 돌아보는 것만 같아. 계속 우리를 돌아보고 있는 것 같아."

루창창이 고개를 끄덕이며 말했다.

"멀리 가셨지."

콩나물이 모닥불을 보다가 고개를 들고 끝이 없는 밤하늘을 바라보며 말했다.

"밤하늘이 이렇게 밝으니 차오포 눈에는 다른 세계로 가는 길이 분명 잘 보일 거야. 길이 걷기에 좋지 않더라도 바람 타고 물을 건너 무사히 가겠지?"

루창창은 또 고개를 끄덕이며 말했다.

"차오포는 그 길에서 힘들어하지 않을 거야. 내 생각에 분명히 콧노래를 흥얼거리며 즐겁게 떠났을 거야."

이때 춘수가 혼자 노래를 부르기 시작했다. 아름다운 노랫소리는 마치 홀로 길을 떠난 차오포에게 이렇게 수많은 사람이 당신 뒤에서 외롭지 않을 것이라고, 먼 길 가는 길에 작별 인사를 한다고 말해 주는 듯했다. 심리 치료 센터의 아이들은 춘수가 노래하는 것을 들은 적이 없었다. 춘수의 노래는 사람의 마음을 움직였다. 춘수의 노랫소리는 예쁜 실이 뽑혀 나오는 것처럼 하늘로 가득 퍼져 아이들의 몸과 마음을 감쌌다. 아이들은 노래에 의존해 밤하늘을 떠다니며 차오포 마을의 밤하늘을 가슴에 새겼다.

춘수가 노래를 마치자마자 이번에는 덩차이가 노래를 시작했다. 덩차이의 노래가 끝나기도 전에 이어 귀궈와 칭화의 노래가 울려 퍼지면서 여기저기에서 노랫소리가 터져 나왔다. 기쁨의 장례 노래였다.

허위샹은 계속 한만에게 말했다.

"차오포가 돌아가셨다고 마을 사람이 모두 올 줄은 생각도 못했어요. 정말 생각도 못했어요. 이름도 없이 차오포 마을의 차오포라고 불리던 할아버지였는데, 나무수레에서 졸던 청소부였는데……."

그날 밤 모닥불의 불길이 점점 사그라지자 차오포 마을 사람들도 하나둘 집으로 돌아갔다. 허위샹은 방으로 가지 않고 꺼져 가는 모닥불 앞에 쪼그리고 앉았다. '푸른 폭포' 방의 담당 간호사인 칭화는 허위상이 방에 없는 것을 확인하고 다시 마을 광장으로 나가 보았다. 허위샹은 혼자 잿더미 앞에 쪼그리고 앉아 있었다.

"가서 자자."

칭화가 말했다.

허위상이 몸을 일으키며 칭화에게 말했다.

"내일부터 차오포의 나무수레를 가지고 쓰레기를 주울 생각이에요."

칭화가 고개를 끄덕이며 말했다.

"그렇게 하렴."

"내가 차오포 마을을 떠날 때까지 그렇게 할 거예요."

"그렇게 해."

이때 칭화의 마음은 정말 행복했고 아주아주 만족스러웠다. 칭화는 허위상이 지금 무슨 생각을 하는지 묻지 않았다. 차오포의 죽음이 한 아이의 마음을 바꾸어 놓았다는 사실만 알 뿐이었다. 그리고 허위상이 그냥 해 본 소리가 아니라는 것도 알았다.

다음 날 아침 달리기하던 루창창과 콩나물이 가장 먼저 허위상을 보았다. 허위샹은 두 아이보다 먼저 일어나 차오포의 나무수레를 끌고 거리를 다니며 청소 중이었다.

자기 눈을 믿을 수가 없었던 루창창과 콩나물은 걸음을 멈췄다. 사람을 잘못 본 것이 아닌가 하는 생각에 루창창이 "허위샹!" 하고 불렀다. 허위샹은 두 아이를 보더니 나무집 게를 들어 올리는 것으로 대답을 대신했다. 루창창과 콩나물 은 나무수레 틈 사이로 신선한 야생화가 한 움큼 꽂혀 있는 것을 분명히 보았다. 차오포 할아버지가 살아 있을 때랑 똑 같았다.

콩나물은 나무수레를 끌고 가는 허위샹의 뒷모습을 눈으로 좇더니 혼잣말을 했다.

"나무수레를 밀고 가는 사람이 허위샹이 아니라면 놀라지도 않을 거야. 허위샹이라니 정말 믿을 수가 없어."

루창창이 어른처럼 감탄하며 말했다.

"차오포 마을에서는 신화를 믿을 수밖에 없어."

콩나물 역시 어른 말투를 따라 하며 말했다.

"맞아, 우리 차오포 마을은 신화를 만들어 내는 곳이야."

루창창이 콩나물을 바라보며 말했다.

"네 말투가 꼭 궈궈 같다."

"내가 궈궈를 보고 배우고 있거든."

차오포를 떠나다

가장 먼저 심리 치료 센터를 떠난 사람은 리취안취안이었다. 리취안취안은 계속 차오포 마을을 어떻게 떠나야 할지 고민하고 있었다. 마침내 리취안취안의 아빠가 저번에 몰고 왔던 차를 타고 아들을 데리러 왔다. 리취안취안이 아빠에게 말했다.

"친구들에게 인사하고 올게요."

무차오 원장과 함께 있던 아빠가 대답했다.

"그래, 갔다 오렴. 아빠는 여기서 기다리마."

리취안취안이 뛰어가자 사람들은 모두 그가 뚱보 강아지와 뚱보 거위에게 작별 인사를 하러 가는 것임을 눈치챘다.

'푸른 폭포' 방 담당 간호사인 칭화가 리취안취안의 아빠에게 말했다.

"제가 리취안취안에게 가 볼게요. 어디 가는지 알거든요."

리취안취안의 아빠가 예의를 차리며 대답했다.

"네, 그래 주시겠습니까?"

칭화는 디지털카메라를 들고 리취안취안을 따라갔다. 리취안취안은 역시 어떤 집 마당에서 뚱보 강아지를 꼭 안고 있었다. 강아지 주인은 이별의 장면을 차마 볼 수 없어 둘이 조용히 작별 인사를 할 수 있게 한쪽으로 비켜서 있었다.

칭화가 말했다.

"내가 너희 둘 사진 찍어 줄게."

리취안취안은 뚱보 강아지 목에 얼굴을 파묻고 있디가 칭화의 말에 고개를 들었다.

"자, 찍는다. 치즈."

리취안취안의 얼굴이 온통 눈물범벅이었다. 칭화는 사진 속에 리취안취안의 눈물을 남겨 주었다.

마당에서 나오며 리취안취안이 칭화에게 말했다.

"따라오지 마세요. 뚱보 거위와는 단둘이 작별 인사를 하고 싶어요. 다른 사람과 함께 가면 거위가 불안해하거든요."

칭화가 멈추어 서며 말했다.

"그래. 그러면 난 너희 아빠와 정문 앞에서 기다릴게."

리취안취안은 한참 뒤에야 아빠가 있는 곳에 나타났다. 칭화는 리취안취안과 그의 친구인 뚱보 거위가 마지막 시간을 어떻게 보냈는지 알 수 없었지만, 분명 따뜻하고 아름다웠을 것이라 짐작했다. 아름다운 순간을 꼭 카메라에 담을 필요는 없다. 마음속에 간직해 두면 되니까 말이다.

리취안취안은 차에 오른 뒤에도 계속 창밖만 바라보았다. 아빠의 질문에도 건성으로 "응, 응." 하고 대답할 뿐 그의 마음은 여전히 차오포 마을과 뚱보 거위, 뚱보 강아지에게 가 있었다.

두 번째로 떠난 사람은 신신이었다. 차오포 민속박물관의 대머리 관장은 신신이 차에 탄 뒤에도 여전히 미련을 버리지 못한 채 신신의 차를 쫓아갔다. 아이아이를 그린 그림을 달라고 마지막으로 부탁하기 위해서였다. 관장은 정말로 그 그림을 민속박물관에 걸어 놓고 싶었다. 대머리 관장의 이마에 땀방울이 송골송골 맺혔다. 그림을 얻기 위한 관장의 마지막 노력이었다.

"아이아이를 그린 그림은 나와 우리 차오포 민속박물관에 매우 중요한 물건이란다. 사람들이 그림을 보면 아이아이의 이야기를 알게 될 뿐 아니라 아이아이와 한 소년의 이야기가 하나 더 생기는 거잖아. 이건 정말 의미 있는 일이야."

신신은 대머리 관장의 말을 듣지 못한 것처럼 담담한 표정이었다.

"죄송해요. 그림은 드릴 수 없어요."

신신은 고개를 돌려 창밖의 차오포 마을을 바라보았다. 그리고 관장과 눈을 마주치지 않았다. 신신이 탄 차가 출발하려 하자 관장은 창문으로 손을 넣으며 다급히 소리쳤다.

"난 정말 그 그림이 좋아. 정말 좋다고! 우리 마을 사람들도 다 좋아한다고."

신신은 차오포 마을의 추억과 자신이 좋아하던 말 아이아이를 데리고 떠났다.

춘수가 대머리 관장을 위로했다.

"신신은 아이아이에게서 떠날 수 없나 봐요. 우리 차오포 마을에 아이아이 이야기가 생겼으니 그걸로 만족해요."

세 번째로 차오포 마을을 떠나야 할 사람은 허위샹이었다. 하지만 허위샹은 일주일 더 있겠다고 고집을 부렸다. 무차오 원장이 허위샹 엄마에게 말했다.

"일주일 더 있게 허락해 주십시오."

허위샹은 원하던 대로 차오포 마을에 일주일 더 있게 되었지만, 하는 일 없이 그저 시계만 보며 지냈다.

진상상, 런전, 쑤이신은 차오포 마을의 아동심리 치료 센터에서 가을을 보냈다. 이 세 명 외에 무차오 원장은 새로운 친구가 몇 명 더 올 것이라고 말했다.

루창창과 콩나물도 차오포 마을을 떠났다. 덩차이는 루창창을 '꽃차'로 데려가 건강 상태를 검사했다. 그리고 결과를 기록하여 문서 보관소에 넣어 두었다. 루창창은 자신의 몸무게가 56킬로그램인 것을 알고 살며시 웃으며 생각했다.

'이곳에서 생활하는 동안 내 살은 차오포 마을의 길에, 들에, 공기에, 바람에 흩어져 버렸나 보다.'

루창창과 비교할 때 콩나물은 차오포 마을에 온 뒤로 체중이 6킬로그램이나 불었다. 루창창과 콩나물은 전부터 부모님의 마중 없이 집에 가고 싶어 했다. 두 아이의 부모님은 한참을 의논한 끝에 아이들의 뜻을 들어주기로 했다. 결국 콩나물과 루창창은 걸어서 집에 갔는데, 그렇게 익숙했던 도시의 생활로 돌아갔다.

출발하던 날 아침 무차오 원장과 한만 요리사, 덩차오, 귀귀, 칭화, 춘수 등의 선생님, 그리고 이별을 서운해하는 아이들이 차오포 마을의 나무다리까지 따라 나와 루창창과 콩나물을 배웅했다. 그들은 나무다리에서 작별 인사를 했다.

루창창과 콩나물이 고맙다고 말하려 하자 무차오 원장이 손을 흔들며 말했다.

"고맙구나. 나는 너희와 함께 있을 수 있던 덕분에 영원히 늙지 않을 것 같다. 갈수록 젊어질 것 같아."

나무다리까지 배웅 나온 사람들이 하나둘 입을 열었다.

"고맙구나."

"고맙다. 루창창!"

"고마워, 귀여운 콩나물. 보고 싶을 거야."

콩나물과 루창창은 가슴이 벅차 말을 이을 수 없었다.

루창창과 콩나물은 어느새 차오포 마을에서 멀어졌다. 다리에서 손을 흔들던 사람들이 보이지 않을 만큼 멀었다. 사람들과 나무다리는 차오포 마을의 일부가 되어 있었다. 루창창과 콩나물은 뒤를 돌아 차오포 마을을 바라보았다. 유난히 푸른 하늘과 깨끗한 공기는 아무 조건 없이 차오포 마을의 논과 들에 푸름을 가득 안겨 주었고, 따뜻한 날씨 덕에 꽃들은 활짝 피었다. 콩나물이 보기에 차오포 마을에 핀 꽃들은 그 이름 때문에 더 돋보이는 것 같았다. 꽃 이름은 꽃씨와 마찬가지로 땅에 떨어져 다음 해에 또 꽃을 피우고 해마다 향기를 퍼뜨렸다. 그러면서 차오포 마을은 포근한 느낌을 주는 곳으로 유명해졌다.

콩나물의 눈가가 촉촉해졌다.

"난 이곳을 잊지 못할 거야."

"나도."

이곳은 진정한 하늘 언덕이었다.

소년과 소녀가 푸른 초원을 자유롭게 뛰어다닐 때 하늘 언덕은 아이들을 포근하게 감싸 안았다. 하늘을 지나고, 구름을 지나고, 초원을 지나면서 진한 색의 가을 그림이 완성되었다.

하늘 언덕은 하늘과 땅 사이에 있는 곳이다. 그곳은 꿈꾸는 아이들을 위해 존재한다. 그리고 아이들에게 아름다운 미래를 보여 준다. 하늘 언덕은 상처받은 아이들이 있는 곳이라면 어디에나 있다. 그곳은 실제로 존재하는 것 같기도 하고 아닌 것 같기도 하다. 차오포 마을에서 지냈던 아이들이 나중에 자라면 차오포 마을의 진실한 모습을 사람들에게 이야기해 줄 것이다. 차오포 마을에서 있었던 아주 작은 일 하나하나까지 놓치지 않고서!

아이들은 그 이야기를 영원히 잊지 못할 것이다.